JN010280

無人島ロワイヤル

秋吉理香子 RIKAKO AKIYOSHI

双葉社

無人島ロワイヤル

登場人物

大村修一……30代のサラリーマン。莉々子の婚約者
アイテム／莉々子、エアマットレス、肉（チャーシュー）

石原莉々子……無職の社長令嬢。修一の婚約者。30代
アイテム／修一、日焼け止め、メイクパレット

由宇公一……青赤紫に染められたユニコーンカラーの髪がトレードマークのアラサーのユーチューバー
アイテム／スタビライザーつきビデオカメラ、ソーラー充電器つきバックパック、サバイバルナイフ

川上五郎……大阪出身の39歳で、元ラガーマンの営業職。
アイテム／釣り竿、万能ナイフ、酒（鬼ころし）

五木大介……40代の公務員。小太りで愛想がいい。サバイバルゲームマニア
　アイテム／モデルガン、模造刀、酒（いいちこ）

吉田昇……35歳の塾講師。マッシュルームカットに黒縁メガネという外見
　アイテム／シュノーケリングマスク、フィン、肉（ローストビーフ）

末広圭吾……茶髪にピアスの大学生。キャンプ、アウトドア好き
　アイテム／サバイバルナイフ、ポケットバイク、酒（ブラックニッカ）

天野まもる……40代の医師。総シルバーの頭髪を後ろになでつけ、銀縁メガネをかけている
　アイテム／ローストしたラム肉、双眼鏡、ウィスキー（山崎25年）

マスター……バー・アイランドのマスター。相続した無人島を所有している
　アイテム／酒（ボウモア）、肉（ビーフジャーキー）、つまみ（柿の種）

装画　ケッソクヒデキ
装幀　國枝達也

1. 修一

「無人島に三つ持っていくとしたら、なにを持っていく？」

これはおそらく、ほとんどの人がされたことのある、またはしたことのある他愛ない質問ではないだろうか。

ある者は「レイ・ブラッドベリの小説と、ジャズのレコードと、ロッキングチェア」と答えることで大人の教養と余裕を見せ、またある者は「食料と、水と、薬」と現実味のあることを言う。良質のウイスキーだったり、愛犬だったり、高級葉巻だったり、答えには個性も出るだろう。そしてそれらのアイテムを選んだ理由を聞くのも面白い。

そう。

つまりあの質問は、回答者の人となりや性格、傾向、嗜好などを如実に露呈させるのだ。

だけど考えに考えて、三つの回答をひねり出したところで、どうということはない。なぜならそのアイテムを持って無人島に行くことなど現実にはありえないからだ。それなのに、どうしてこの質問をすると、みんな大盛り上がりするのだろう。実際に、僕はしらけ切った合コンの席でこの質問を投げかけ、場を救って感謝されたことは数知れない。

　また、この質問は就職試験の面接でもよくされると聞く。その人物がどれだけ思慮深くものごとを考え、判断するかを知る、リトマス試験紙のようなものだろう。つまりお気楽にネタとして盛り上がれる一方、深く人間を洞見できるという、きわめてすぐれた質問なのだ。

　そして初夏の夜、僕たちは、ごくお気楽に、定番の質問で盛り上がっていた。この、都心から外れた町の地下にある、薄暗くてこぢんまりして、だけど居心地の良いバー・アイランドで。

「わたしは、そうですねえ、望遠鏡と、ウイスキーと、クラシック音楽ですかねえ」

　カウンターの端で水割りを傾けている天野《あまの》まもる医師が品よく言った。まだ四十を過ぎたばかりなのに総シルバーとなった頭髪を後ろになでつけ、銀縁メガネをかけた医師然とした男だ。

「ふーん、望遠鏡ってあんまり挙がらないアイテムかもな。でもウイスキーと音楽はワンパターンじゃない？　お医者さんは、もっとこう、ユニークなこと考えてないわけ」

　隣に座る公務員の五木《いつき》大介《だいすけ》がからかう。小太りでいつもにこにこし、いかにも人畜無害だ。天野医師とは同年代だそうだが、ずっと若く見える。

「だけどクラシック音楽を大音量でかけながら星を眺めて、ちびちびとウイスキーをやる……って単純に憧れませんか？」

「まあ確かに、壮大っスよね」

　大学生の末広《すえひろ》圭吾《けいご》がうなずきつつ、続ける。茶髪にピアスという、いかにも今どきの若者という外見だが、難関私大の経済学部生というからわからない。

「ただ、三つしか持っていけないってことは、〝ウイスキー〟ってひとくくりじゃだめなんスよね。銘柄と瓶のサイズも決めないと。あ、あとクラシック音楽ってのも幅広すぎませんか」

「音楽は、プレイリストにたくさん入れていけばいいんだよ。ってことは、音楽を持っていくというより、今の時代はスマホを持っていけばいいんじゃない？　そしたら動画も見れる」

自称ユーチューバーの由宇《ゆう》公一《こういち》が言った。ユーチューバーで名字が〝ゆう〟という恵まれた男で、『由宇チューブ』というチャンネルを主宰している。登録者数は少ないが、本人曰く「これから」らしい。青赤紫に染められたユニコーンカラーの髪がトレードマークのアラサーで、僕とは同年代だ。

「そうやん、スマホ持って行ったら最強やん！　いくら好きでも、レコード一枚やったら飽きてまうもん」

サラリーマンの川上《かわかみ》五郎《ごろう》がビールを豪快に飲む。大阪出身だが、半年前から関東に出向しているらしい。こちらに知り合いもおらず、一人で気楽に飲めるバーを探していたらたまたまアイランドに辿りつき、それ以来常連になった。元ラガーマンでがっちりしており、声もでかくて陽気だ。一緒に飲んでいると楽しい。もうすぐ不惑だそうだが、色白でやせっぽちの僕よりもよほどパワフルで若々しい。

「でも無人島で、たった一枚のレコードを聴きこむってのも、ちょっと憧れるかな。レコードに針を落とす時の、あの緊張感もいいしさ。それこそ大音量で、アナログの音をぞんぶんに楽しむのって、よくない？」

　僕が言うと、「確かに！」「究極のぜいたく！」と全員が大きく頷いた。

　わいのわいの盛り上がっていると、カウベルが鳴ってドアが開いた。「あー暑。まだ六月なのに」とぼやきながら入ってきたのは、塾講師をしている吉田《よしだ》昇《のぼる》だ。マッシュルームカットに黒縁メガネという特徴的な外見から、小学生の生徒たちからきのこマンと呼ばれ親しまれている。まだ三十五歳なのにすでに塾長のオファーが来ており、本人曰く「塾業界の若き雄」なのだそうだ。「いらっしゃい」とマスターが声をかけてから、早速乾きものを皿に盛り、あいている席に置く。

「みんな楽しそうじゃん。なんの話してるの？」

　ネクタイを片手で緩めながら吉田がスツールに腰掛ける。これでＬ字型のカウンター八席が常連によってすべて埋まった。

「無人島に三つだけ持っていけるとしたら、何にするかって話っス」

　末広が答えた。

「おおー、交ぜてよ交ぜてよ！　そういう話、大好物！　あ、マスター、ハイボールね。でも、なんでそんな話になったわけ」

「いや、修一《しゅういち》くんがさ」

五木が僕と、紅一点である石原莉々子《りりこ》を示した。

「新婚旅行、どこにしようかなって話してるから、スマホで調べたんだ。そしたらボラボラ島が人気あるってわかって、島は憧れるね、無人島だともっとロマンチックだよねっていう流れから」

「お、修一さんと莉々子さん、ついに結婚するの」吉田が口笛を吹いた。「おめでとう」

「えへ、ありがとうございます」

莉々子が可愛らしく、ちょこんと頭を下げた。ゆるふわ巻髪に花柄ワンピース姿の莉々子はこの中で唯一の無職だが、おそらく一番の金持ちだ。ブラック企業に勤めていた僕は二年前、転職活動がうまくいかずに落ち込んでいた。その日も面接がうまくいかなくて居酒屋でやけ酒していたら、たまたま大学のゼミで一緒だった子に会った。その子の友達が莉々子だった。なぜだか莉々子は僕を気に入ってくれ、父親の経営する会社――誰もが知っている大手企業で、僕は新卒の時に二次試験でダメだった――の中途入社試験を受けたらすんなり採用が決まった。おまけに父親、つまり社長が交際も認めてくれたので驚いた。僕は家柄もよくないし金もないのに。

ただ、付き合っていくうちに、事情がだんだんわかってきた。莉々子は甘やかされて育ってきたからか、かなりの我《わ》儘《まま》娘だ。何度も見合いしたが断られ続け、そのうちに三十を過ぎてしまったらしい。働かないのは良いとしても、趣味や習い事など建設的なことを一切しようとせず、実家でだらだらと過ごしている。両親もほとほと手を焼いていたらしく、僕は子守り役として歓迎されたのだ。

　だから先週、正式に結婚のあいさつに行った時も、やっと実家から出る、と大喜びしてくれた。家も建てて車も買ってくれるという。もちろん僕に異存があるはずもなかった。誰もがうらやむ安定した大企業に勤め、いわゆる逆玉の輿に乗るのだ。

　だけど――

　僕はそっと莉々子の横顔を盗み見る。本当は、もともと惚《ほ》れてはいない。一緒にいると疲れる。それでも莉々子という企業に就職したと思って、乗りきるつもりだった。

「うーん、無人島に持っていく三つのものか……何がいいんだろうなあ」

　吉田がハイボールをする。

「そういえばさ、中学受験の理科でこういう出題があったんだよ。宇宙で生き延びるためには何が必要か、三つ答えよっていう」

「うーん宇宙か……なんやろなあ」

「ちなみにうちの生徒の一人は、愛、勇気、希望って書いたらしい」

「めっちゃ可愛いやん！　確かにどれも大事やんな」

「まあ真剣に考えれば、まず水でしょうね。それから酸素で、あとはやっぱり食べ物ですね」

　自信ありげに天野医師が言った。

「惜しい！」

「え、違うんですか？」

「正解は、食べ物、酸素、適温、だって」

あー温度かあ！　思いつかなかった、とみんなの声がそろう。

「でも水は必要ないの？」

由宇が聞く。

「食べ物からとれるってことらしい」

「なるほど。なかなか難問じゃん。正解できる子いるのかなあ」

「いるんだよ、それが。うちの塾、優秀な子ばっかだから」

「そういう知識があったら生きていくにも強いよね」

五木が柿の種をかじりながら言う。

「そうなんだよ。勉強って本当は生き抜く力に直結してるわけ。天体の動きだって、昆虫や植物の構成や季節だって、全部サバイバルに役に立つ知識なんだから」

吉田の熱弁は続く。

「数学も役に立たないなんて言われてるけど、それこそ無人島に小屋を建てる時に面積や重量、密度は重要でしょう。もちろんお金の計算だってそう。だから本当は勉強すればサバイバルスキルが上がるはずなんだ」

「さすがカリスマ塾講師」

　五木がからかう。

「だけど実際は、勉強してなくても、ある程度は生きていけんだよね」

　由宇が言うと、天野医師がうなずいた。

「それはもう今の世の中が便利すぎるからでしょうね。スマホに聞けばなんでも答えてくれるし。だけど文明の利器がなくなった時に、学んだ知識が役に立つんですよ」

「そうっスよねえ。それこそ無人島に行けばいいんスよ」

　末広が頭の後ろで手を組んで、スツールの背にもたれかかった。

「あ〜あ、無人島、いいよなあ」

「ええやんなあ。最近、仕事でいやなことばっか続いてるから、逃避したいわあ」

「僕も。今日すっごいモンペにつかまってさ、成績が上がらないのは塾のせいだってぎゃんぎゃん怒鳴られた」

「ペアレントのモンペも大変でしょうけど、病院のモンスターペイシェントのモンペもひどいですよ。クレームの嵐です」

　天野医師が疲れ切った横顔で言うと、五木もため息をついた。

「僕だって逃避したい。役所は思う存分文句を言っていい場所になってんだから。はけ口だよ、はけ口。公務員だって人間だぞ」

「マジで無人島があったら逃げたいっスよね」

「ほんとそれ」

僕だって、逃げられるものなら莉々子から逃げたい、なんて考えてしまう。それぞれがアルコールをすすりながらしみじみしていると、マスターがぽつりと言った。

「――俺、無人島、持ってるよ」

全員の視線が、一瞬で集まる。

「いやいや、大したことないよ。すっげー遠いし、二時間もあればぐるっと一周歩けるような、しょっぼい島だもん」

「それでもすごいじゃん！　買ったの？」

「まさか。そんな活用しようがないもん買わないよ」

「じゃあどうして」

「相続。ひいじいちゃんが死んで、うちのおやじが継いで、俺に回ってきたってだけ」

「あ、そうか、マスターのおやじさん……」

「そ。三年前に亡くなってるからさ」

「行ったことあるんスか？」

「おやじが亡くなった時、そこで散骨してくれってのが遺言だったから。その時に初めて」

「どんなところなの？」

莉々子も身を乗り出してくる。無人島のオーナー、という非現実的かつ夢いっぱいの設定に、みんな興味津々だ。

「そりゃまあ、めちゃくちゃ綺麗なところではあった。海の水が透き通ってて、気候は温暖でさ。だけど未開の土地なわけだから、海岸沿いしか歩けないよ。ちょっと砂浜があって、あとは森だもん。それに島一周ぐるっと海岸なわけじゃなくてほんの一部で、あとは崖だからね」

「めちゃめちゃぜいたくやん。完全なプライベートビーチってことやろ？」

「まあ、そりゃあ」

「泳ぎました？」

末広の能天気な質問に、「そんなわけないでしょう。おやじさんの散骨に行ってるのに」天野医師が呆《あき》れてたしなめた。が、「いや、実はね、泳いだ」とマスターが答えたので、みんなが「おお！」とどよめく。

「そんなつもりなかったんだけどね。だって一応、礼服で行ったから。で、いざ散骨しようとしたら暑くてさ。ジャケット脱いでも汗だらだらで、ネクタイ外してシャツも脱いで、汗と砂で全身べとべとしてきたから、ズボンも脱いでさ。そんで目の前に透き通った水があったら、泳ぐよね」

「パンツいっちょで泳いだってことっスね」

「いや、トランクスのまま水に入ろうと思ったんだけどさ、ふと気がついたわけよ。着替えなんてないわけじゃん。そしたら、濡れたトランクスのまま帰らなくちゃいけないわけだよね。ってことは貴重な一枚は濡らせない。だから——」

「えー！　マッパっすか！」

「そう、マッパ！　だってどうせ、誰もいないんだし」

「ひゃあ！　超ぜいたく！」

「最高だったよ。あれはなかなかできない経験だったよね。そりゃあヌーディストビーチとかあるんだろうけど、必ず人の目があるわけじゃん。やっぱ恥ずかしいし、気まずいよ。それが正真正銘の一人きりでさ。しかも自分の所有地って思うと、まあ格別だったよね」

「いいなあ」

「いやいや。でもそれだけだから。他はなにもないし、不便だよ」

「じゃあ泳いだ後、散骨して帰って来たんですか？」

「泳いだあと散骨して、体を乾かしがてら探検してみたよ。ひいじいちゃんだっておやじだって、行ったことなかった島なんだ。俺は交通費も時間も使って行ったわけだし、すこしでも元を取りたいじゃん。森の中を覗いたり、オレンジの実がなってたからもいで食べた」

「うわー！　羨《うらや》ましい！」

「そう？　そう言ってくれると嬉しいよ。もう行くこともないだろうけどね」

「行けばいいじゃないですか」

僕は前のめりで言った。

「え？」

「っていうか、逆になんで行かないんですか、そんないいところ」

「だって片道だけで八時間、しかも十万近くかかったんだよ。往復十四時間で二十万だったら海外旅行の方がいいじゃん」

「いやいやいやいや、マスター、違うでしょ」

「え」

「マスターは男のロマンを実現してるんスよ。活用しないでどうするんスか」

「そうかなあ。でも遠いし、ひとりで行ったって退屈――あっ」

そうだ、とマスターは手を打った。

「行く？　みんなで」

みんな一瞬きょとんとしたあと、わあっと歓声がおこる。

「行く行く！」

「絶対行きます！」

「連れてってください！」

興奮気味の声が、カウンターのあちこちから飛ぶ。

「じゃあせっかくだからさ、無人島に三つのアイテムを持っていこうよ」

マスターのさらなる提案に、おお！　とまたもや歓声が上がった。

「じゃあさらに真剣に吟味しないと。わたしは本当に望遠鏡でいいのかな」天野医師が顎に手を当てる。「マスター、何日くらい行きますか」

「確かに。期間によってアイテム変わりますよね」

末広が目をキラキラさせる。

「数時間なら食べ物はいらんもんな。まあ僕はいずれにしても釣って調達するから持っていけへんけど」

釣り好きの川上は余裕を見せる。

「うーん、日数かぁ」マスターは腕組みをする。「でもさ、もともとこの質問をする時って、そこまで厳密に設定してないわけでしょ。そのうえでの音楽だったり小説だったり酒だったりするわけじゃない。だから自分の感覚で決める方が、僕はいいと思うなあ。期間を設定しちゃうと興《きょう》をそぐというか」

「マスターに賛成」由宇が手を上げる。「一週間とか一年とか、自分で設定してアイテムを決めたらいいんだよ」

「だよねえ。ただ、ここにいるみんな、学校なり仕事なりがあるわけでしょ？　マスターもバーがあるしさ。となると、当然一年なんて行けないわけだし、一週間でもかなり難しいわけじゃない。無粋だけど現実的に考えたら、どんなに長くても二、三日じゃないかな」

五木が公務員らしく、もっともなことを言った。

「ま、だからそこはご自由にということで」

マスターはにこにこして各自に委《ゆだ》ねた。

「うーん、やっぱりわたしは星座を見たいですね。今ならばちょうど夏の大三角形が見え始める頃ですし。望遠鏡を持っていくのが理想ですが、運搬を考えると双眼鏡が現実的ですかね。そして食べ物と酒。銘柄はあとで吟味します。お気に入りのグラスも持っていきたいところですが、ラッパ飲みするしかありませんね」

「俺は、ユーチューブの配信するからスマホとスタビライザーにしよっかな」

「スタビライザーってなんスか」

「手振れを抑えるアクセサリーだよ。あ、マスター、もしかして電波なかったりする？」

「ないね、電波は届かないよ」

「じゃあスマホを持ってっても無駄か。それならスタビライザー付きのビデオカメラの方がいいな。これならアイテム枠を一つしか消化しないですむし。充電しないといけないからソーラーバッテリーつきのバックパックも必須。これで二つ。あとは、やっぱ食料がないとやばいかな」

天野医師や由宇が話しているのを聞きながら、僕も想像を膨らませる。たくさん候補はあるけれど、無人島を最大限に楽しめる三つを厳選しよう。酒は外せない。銘柄はあとで決めるとして、ボトルサイズはもちろん最大。残りふたつは、ああ、何にしよう？　音楽は惹かれるものの、波の音や木々の音を楽しみたい気もする。だったら……そうだ、ハンモック！　アメリカのホームドラマで、広い庭にあるのを見て以来ずっと憧れていた。日本ではなかなかお目にかからないし体験できない。夢をかなえられるチャンスだ。もう一生こんな機会は来ない。ゆらゆら揺れながら空を眺めて、うとうとして……ああ最高だ。よし、ハンモックは確定だ。三つ目は……うーん迷うな。本はどうかな。ハンモックに揺られ、酒を飲み、本を読む。それこそいろんな本が読みたいから電子書籍用のタブレットがいいだろう。バックライトがあるから夜の暗闇でも読める。でも腹が減るよなあ。オレンジはなってたらしいけどバナナとかパイナップルとか他の実もなってたら、一日くらいは我慢できるだろうか。本にするか食料か。ああ、こうして迷うことの、なんと楽しいことだろう。

　僕が想像の雲を膨らませていると、莉々子が言った。

「あたしは」莉々子が、カウンターに置いていた僕の手をぎゅっと握ってきた。「まず修ちゃんかな」

　一瞬、みんながきょとんとする。僕も首を傾《かし》げた。

「そもそも修一さんは一緒に行くわけでしょ。含めなくて良くないスか？」

　末広が言った。そうだそうだ、その通りだ。

「だけど最も大切な三つを持っていくってことだよね？　真っ先に修ちゃんが浮かんだから」

握った僕の手を、自分の頬に近づけ、ほおずりする。大の大人のカップルが、人前でこれをやるか。恥ずかしい、と思っていたら、手の甲にキスまでされた。みんながぽかんとしている。いたたまれない。現実逃避したい原因である莉々子も一緒に行くというのは辛いところである。

「修ちゃんも、そうだよね？」

「――え？」

「三つのうち、まずひとつめは、あたしでしょ？」

ぐっと言葉に詰まる。いやいや一緒に行くんだから入れないよね？　――そう言えばいい。言え、僕。言えよ。さあ。

「一緒に行くなら、お互いを入れる必要はないんじゃない？」

言った。頑張った。

「だってその分、三つのうちひとつを――いや、二人分だからふたつだね――削らなくちゃいけなくなるわけでしょ」

しかし言い終わらないうちに、莉々子の大きな両目から、みるみる涙があふれだしてきた。

「どうして？　どうしてそうなるの？」

いや、それはそのまま僕のセリフだよ。

「だって、今回はたまたま一緒に行けるけど、通常はそうじゃないわけでしょ？　この質問はもともと、無人島に一人で行くならって前提だよね？　だったらリストに修ちゃんを入れておかないとダメじゃん」

「いや、そうかもしれないけど、でも今回は――」

「あたし修ちゃんがいないと死んじゃうもん」

「そりゃ僕だってそうだけど」

「そうだよね!?」莉々子が涙で濡れた顔をずいっと近づけてくる。「修ちゃんも、あたしがいないと死んじゃうよね」

「うん……まあそうだけど、今回はマスターが厚意でみんな一緒に――」

「関係なくない？　まず真っ先にお互いの存在が一番大切なものとして頭に浮かぶわけでしょ。そしたらリストのトップに来るのは自然」

「ま、まあね」

「それにいくらみんなで行けるからって、もともとの趣旨を変えたら面白くないわ。だってそんなことしたら、みんなでいろんなものを手分けして持っていけばいいってなっちゃう。音楽担当の人、お酒担当の人、食べ物担当の人って。そんなの面白くない。だったら一人で行くっていう前提で三つ考えるべきよ」

　僕は何も言えなくなって黙り込む。おそらく一人で行くという前提で最も必要とする三つを選ぶとしても……莉々子は入らないだろう。けれどももちろんそんなことは言えるはずもなく、

「確かに莉々子の言うとおりだ。真っ先に莉々子がリストのトップだよ」

と言っておく。

「でしょう⁉」

莉々子がはじけるような笑顔になった。

「だけどさ」最後まで悪あがきしてみる。「莉々子が僕をリストに入れてくるなら、僕は入れる必要なくないかな？」

「んもう、修ちゃんたらわかってない」莉々子がぷうと頬を膨らませる。「莉々子のリストだけに入れたら、修ちゃんが一人で行くとき、あたしが一緒に行けないでしょ」

「あー、そっかそっか。ごめん、うっかりしてたよ」

あはは、と頭をかく。みんなの白けた顔が目に入った。僕だって、こんなあほらしいカップルのやりとりを見せられたら、引く。だけど仕方がない。とりあえず酒を持っていくのは諦めなければ。

「じゃあ僕は、ひとつめが莉々子、ハンモック、それで食料かな」

本も諦めよう。腹が立つが仕方ない。これでも譲歩したつもりなのに、莉々子が「えー」と不満げに口をとがらせる。

「ハンモックなんてダメだよ」

「……なんで？」

「一人用でしょ。ふたりで使えるものじゃないと」

ふ、と吉田が笑ったのを、僕は見逃さなかった。僕だって傍観者だったら、同じようにしているだろう。

「じゃあ二人用のハンモックを探すよ」

「だけどゆらゆらしてしんどいよね。寝てるだけできっと疲れちゃうよ」

「ゆらゆらが楽しいんちゃうの？」

　さすがに気の毒に思ったのか、川上が助け船を出してくれた。

「えー、そうかなあ。莉々子、酔っちゃうかも。それに姿勢も悪くなりそう。二人用があったとしても窮屈だし。ハンモックはやめようよ」

「でも修一さんのアイテムやん？　修一さんに選ばせてあげたらええやん。ハンモックがいやなら、莉々子ちゃんは使わんかったらええ」

「ちょっとぉ、川上さん、なんですかそれ」またぷうっと膨れる。「修ちゃんは莉々子と全部一緒じゃないといやなんだから。ねえ？」

　川上さんありがとう、でもごめんなさいと心の中で呟《つぶや》きながら、

「う、うん、そうだね。ハンモックはやめようかな」と答えた。川上は、ぷいとそっぽを向いて水割りをぐいっと飲み干す。そりゃあ付き合っていられないだろうな。僕だって付き合いきれないよ、こんなの。

「だからハンモックじゃなくてぇ……ダブルベッドね！」

川上が水割りを噴き出すのが見えた。他の人も、冗談でしょ、という目で見ている。だけど僕に何が言える？

「わかった。マスター、ダブルベッドも持って行っていいんだよね？」

「運べるなら何でもいいよ。現実的にはエアマットレスかな」

呆れかえる男たちの中で、マスターだけがにこにこと頷いてくれる。客商売だからとも思うが、もともとマスターは優しい、ふところの深い人だ。「別にいいじゃん。誰に迷惑をかけてるわけじゃなし」とこそっと耳打ちしてくれる。

「じゃあ修ちゃんは、あたし、食料、ダブルサイズのエアマットレスで決まりね。ええと、あたしは修ちゃんでしょ、それから、うーん日焼け止めかな」

「……日焼け止め？」

五木さんが驚く。だけど莉々子は大まじめに「うん。ウエディングドレス着るのにそばかすとかシミとかできたら大変だもん。まあ事務所からも肌は焼くなって言われてるしね」

事務所とはモデル事務所のことだ。莉々子は可愛い部類ではあるが、それはしょせん、素人レベルでの話だ。身長は百六十センチでモデルになるには小柄な方だし、痩《や》せても太ってもおらず、ごく普通の体形で、バストも、まあごく普通だ。一度だけ雑誌の「街でイケてるコーデ特集」とやらに載せてもらって以来すっかりその気になり、モデルスクールに通い始め、高い登録費やらレッスン代やら宣材資料作成費を支払って事務所に所属している。もちろん一度もその事務所から仕事が来たこともなければオーディションに呼ばれたこともない。それでもいっぱしのモデル気取りなのだから、失笑ものだ。

「日焼け止めねえ」由宇が首を傾げる。「修一さんはハンモックを諦めたんだから、もうちょっと役に立ちそうな——」

「修ちゃんはなにも諦めてないわよ。ダブルのマットレスの方がいいに決まってるもん！　ねえ？」

「う、うん」

「でも日焼け止めって、そんなに重要かなあ」

「まあ、人それぞれだから」マスターがやんわり遮《さえぎ》る。「だからこそ面白いわけでしょ。いいじゃないか、個性があって」

「確かにそうか。ごめんね莉々子さん、人のことに口挟んで。無人島なんて行ける機会、普通は一生ないからさ。しかも三つアイテムを選ぶなんて子供のころからの夢が叶う感じ？　だからついついマジになっちゃって。莉々子さんと修一さんは、それぞれの楽しみ方があるわけだし、外野が口出すことじゃないよな」

　由宇はそう言って、つまみに手を伸ばした。

「えーとだから日焼け止めと」気を取り直したように莉々子が続ける。「うーん、三つ目は迷うなあ……あ、身に着けるものはどこまでオッケーなんですか？」

「あー、確かに。メガネをアイテムに数えられるときついなあ」

吉田が分厚いメガネのずれを直しながら言う。

「そこまで考えてなかったなあ」

マスターが腕を組む。

「まあ、服一式はもちろんＯＫだよね。下着も。でも例えばさ、今は初夏だけど、真冬のコートを着るとするよね。ブランケット代わりにするために。果たしてそれはアイテム扱いかってことだ」

「それもやけど、例えば女性はアクセサリーを着けてるやんか。ピアスにネックレスにブレスレットにアンクレット。ああ、ヘアアクセサリーもある。バレッタとかカチューシャとかシュシュとか。もちろん男も人によってはピアスとかネックレスしてるし、ネクタイ、タイピン、カフス、ベルトもある。ああ婚約指輪に結婚指輪も。そういうのはどこまでや？」

「わあ、難しいなあ」

マスターは頭を抱える。が、こういうことを議論しながら詰めていくのも楽しいのだ。遠足に行く前のホームルームと変わらない。先生、バナナはおやつに入るんですか？　ってやつだ。そういえば僕は、正しい答えを知らない。入るのだろうか、入らないのだろうか？　どちらも正しくて、そして間違っている気もする。

「腕時計は、さすがにアイテム扱いじゃない？　スマートウォッチもあるし」

「あー、なるほど。機能とか使い道があるとアイテムってことかな」

「それは良い線引きかもな。となると真冬のコートもそうなる？」

「それは微妙。だって海って肌寒いだろ？　本当に着ていきたいかもしれないし」

うーん、と大の大人たちが真剣に頭を悩ませる。

「基本的に身に着けるものは、コートでもいいことにしようか。メガネもサングラスもアクセサリーもＯＫ」

「えー、だったらさあ、ライターをピアスに加工したら持っていけるってことになっちゃうじゃん。無理やりタブレットネックレスとかスマホベルトとか」

「セコ。そんなセコイこと考えてたんスか」

「いやいや、そうじゃないけど」

五木と末広のやり取りに、周りが笑う。

「じゃあ、とにかく機能があるものはアイテムとするってことでいいんじゃない。ピアスでも火が付くならアイテムと解釈する」

「了解」

「ただ、不自然なほど着ぶくれたり着飾るのはナシかな。ジャケットを五枚着るとかネックレスを二十本着けるとかさ。カチューシャとバレッタとシュシュを同時に使わないとか、まあ常識の範囲で、身に着けて持っていけるものだけっていう」

「カチューシャとバレッタとシュシュ、普通に同時に着けますよ」

莉々子がじゃらじゃらとブレスレットを鳴らして手を上げた。

「え、そうなの?」

「はい。さらにヘアピン着けても不自然じゃないですね。女の子は、ごてごてするのが好きなんでえす」

「そうなのか……」

「まあ、別にいいんじゃないですか? 髪にごてごて着けてたって、どのみちアイテムになりようがないでしょう」

「よかった。おしゃれは大事だから。今はどんな髪型にするか決めてないけど、場合によってはティアラとか着ける可能性はあるし。あたし、無人島だからってファッションを妥協する気、ないから」

　さも大事なことのように、莉々子が真剣な表情で言った。

ティアラってなんだろう。男にはなじみのない言葉だ——と一瞬思い、ハッと気が付いた。結婚式場選びであちこちのホテルへ行ったとき、ドレスに合わせて頭にアニメのお姫様が着けるような冠《かんむり》を試着していた。確かあれがティアラだった。ちょっと待てよ、無人島にあんなもん着けてくんなよ、と泣きそうになる。しかしほかの男たちはティアラを知らないのか、特になんの反応も示さなかった。

「うーん、そうなると、ますます三つ目は迷うなあ。そうだ！　ウエディングドレスはどうかな。無人島での結婚式！　どう？」

　僕は思わず目を剝《む》いて莉々子を見る。莉々子がちょっと怯《おび》えた表情をしたので、しまった、と思った。が、

「修ちゃんたら、そんなに怒らないで。わかってるって、結婚式本番まで、あたしのウエディングドレス姿、誰にも見せたくないんでしょ？　冗談だから」

　と甘えたように言うので力が抜けた。どこまでお花畑なんだろう。見渡す限りのお花畑で、そこには雑草の一本も生《は》えてないし、虫なんて一匹もいないんだろうな。

「んーとんーと、三つ目はぁ……」

　一生懸命悩んでいるが、もうみんな莉々子の選ぶアイテムなんてどうでもいい、という雰囲気だった。ただマスターだけがやはり熱心に「うんうん、三つめは？」と相槌《あいづち》を打ってやっている。

「ほんと難しいね、迷っちゃう！　あ、メイク道具ってひとくくりにできないですよねえ」

「さすがにだめだねえ。口紅なら口紅、アイシャドウならアイシャドウ、ってカウントされるよねえ」

「そうだ！　メイクパレット持ってく！　それなら口紅もアイシャドウもファンデも全部入れられる。それならいいでしょ？」

「それならひとつだね。じゃあ三つめはそれでいいのかな？」

「うん、決まり！」

「なあ莉々子、食べ物のほうがいいんじゃないかな」

「駄目だよぉ、あたしがきれいでいる方がいいでしょ？」

「そうだけど、短い間なんだし」

「でもお化粧直ししなくちゃ」

「だけどおなかすいちゃうじゃないか」

「でもオレンジがなってたっていうし、それにモデルってプチ断食する人多いから」

　もう何も言う気が起こらなかった。

「そういえば」末広が割り込んだ。「食べ物って、どういうルールっスか。たとえば肉の塊《かたまり》なら何キロでも一アイテムってことだと思うんですけど、同じ重さでもスライスしてたら二十アイテムとかになっちゃうんですかね」

　うーん、とマスターが腕組みをする。

「やっぱりスライスは一枚一アイテム扱いだねえ。かといって塊だとナイフが必須になるし、そこで二アイテム消化しちゃうんだよなあ」

「めっちゃ柔らかく煮て、手で裂けるようにした巨大な肉の塊だったらいいんじゃないスか」

「おお、天才！　俺、それ持ってこ」

吉田が末広の肩を叩く。

「じゃあ良いアイデアのお礼に、分けてくださいよ」

「あ、それはなしだよ」マスターは慌てて両手をクロスさせる。

「そうだよ、邪道邪道」五木も口をそろえる。

「でもせっかくじゃないスか」

「いや、だってあくまでも自分の選んだ三つで過ごすってコンセプトなんだから」

「そうだよ。まあ、そもそも九人で行くことになっちゃったっていうのですでにイレギュラーだけどね。本来ならひとりきり。だから大人数で行くけどシェアはなし」

「だったらマットレスを一緒に使うってのもアカンやんか」

「確かに。ただ、例えば誰かが音楽を持っていったら、そこにいる人には聞こえるじゃない？　そして聞こえても消費されるわけじゃない。あと、大きいパラソル持って行って、たまたま他の人も日陰に入っちゃうとか。線引きが難しいけど、自分が使うときにたまたま他の人も使えて、しかも減ったりしないものであればいいんじゃないかな」

「おお、マスター、すごいですね。納得です」

天野医師が拍手する。

「今まで、ここまで真剣に無人島アイテムのルールを詰めた人、いないんじゃない？　きっと僕らが初めて。画期的だねえ」

五木は嬉しそうだ。

こんな風にして、それぞれのアイテムが決まっていった。ダイビングが趣味の吉田は、シュノーケリングマスクとフィンと塊のローストビーフ。酸素ボンベを使う本格的なダイビングをしたかったらしいが、そうするとほかにも様々なアイテムが必要になるのであきらめて、簡易的にもぐるだけにしたらしい。ウェットスーツは着ていくとのこと。

大学でキャンプサークルに入っているという末広はサバイバルナイフ、砂浜も走れるポケットバイク、ブラックニッカ。

武器マニアの五木はモデルガン、模造刀、いいちこ。

川上は釣り竿と万能ナイフと鬼ころし。

由宇は、スタビライザー付きビデオカメラとソーラー充電器つきのバックパックとサバイバルナイフ。

そしてマスターはボウモアとビーフジャーキーと柿の種。

こうして僕たち九人全員の三つのアイテムが決まった。

準備期間も必要だし、職場やバイト先に休みを申請することなどを考慮して、出発は一週間後となった。

無人島に行くことは他言無用で全員一致した。知られたら他の人も興味を持ち、行きたいと言い出すに決まっている。こんな美味《おい》しい話は帰ってくるまで取っておくに限るのだ。

この一週間は莉々子も準備に張り切っていたので、珍しくデートの誘いはなかった。僕もわくわくしながらアイテムをそろえた。期間は一泊二日、長くても二泊三日だろうと算段する。まずは豚バラのブロック肉を買ってタレにつけこみ、真空パックにして低温調理でじっくり火を通した。裂きやすいように、表面の切り込みを入れておいたから完璧だ。エアマットレスは、寝袋と一体型の商品を見つけた。広げれば自動で膨らみ、しかも枕もくっついているので、本来ならマットレス、ブランケット、枕、と三アイテム消化してしまうところ、ひとつで済む。これがあれば横たわるだけでなく、日差しを遮ったり、寒さをしのいだりできるだろう。

前日は遠足前の子供のように眠れず、だけど睡眠をとっておかないとクルーザーでは酔うと聞いていたので、寝酒を飲んでなんとか眠った。

いよいよ迎えた当日の早朝——

待ち合わせのバーに現れたのは、いつも夜に飲んだくれている面々とは違った、健全で、浮足だった大人たちだった。いつもはネクタイに背広姿の吉田はウェットスーツだし、川上は釣りベスト姿、五木は迷彩服だ。天野医師に至っては服装こそシンプルなポロシャツなものの、首からは双眼鏡、右手に山崎25年の瓶、左手には丸ごとローストしたというラム肉の半身を持っていて、ひときわ異彩を放っていた。常連たちの、いつもとは違う素顔をみた気がする。

「あとは莉々子ちゃんだけだね」

マスターがのんびりと言ったとき、カウベルが鳴ってドアが開いた。みんながそちらを向き、一瞬で固まる。

莉々子のファッションは、いつもと変わらなかった——いや、張り切っている分、さらにひどい。髪は縦ロールにしっかり巻かれ、まつげも改めてエクステに行ったのだろう、ばっさばさの羽のようだ。ネイルも長く、きらきらしたストーンもついていて、とてもじゃないがアウトドア向きではない。ぴらぴらのフリルのついたピンクのパーカーに、ラインストーンのついたTシャツ、そしてフリルレースのついたデニムのショートパンツだった。いや、まだここまではいい。無人島をリゾート地だと勘違いして、それっぽい服を選んだんだろう、と無理やり納得はできる。だけどハイヒールのミュールってどういうことだ。しかも素足じゃないか。

「どしたの?」

莉々子が可愛らしく首を傾げる。唇がてかてかしている。ピアスも、両耳十個の穴にじゃらじゃらとついている。ネックレス、ブレスレット、チェーンベルト……ああ、もう見ないことにしよう。

「サンダルはいいけど、なんというか、五センチくらいありそうなヒールは、ちょっとどうかなあって」

「九・五センチよ。チャンキーヒールなのがお洒落でしょ」

莉々子は自慢げだ。

「そっか……とっても可愛いし、よく似合ってる」

「でしょう？」

「だけど、歩きにくいよね。砂浜はもちろん、岩場もあるだろうし。どうかな、みんなには悪いけど少し待ってもらって、今から靴だけでも買い直し——」

「何言ってるの、だーいじょうぶだよぉー」

やはり莉々子も気持ちが高ぶっているのか、いつもよりハイトーンボイスだ。

「あたし歩かないもん。危ないところは修ちゃんがお姫様抱っこしてくれるわけだし。っていうか、このミュールは絶対に傷つけられないから。ヴィトンの新作だもん」

頭が真っ白になった。またもや、みんなの同情と呆れの混じった視線が突き刺さる。まあいい。数日のしんぼうだ。

「そうだよね。莉々子は歩く必要ないから」

馬鹿にするならしろよ。こんなおべんちゃらで、年収二千万円もらえるんだ。豪邸も車ももらえる。一生安泰。君たちだって、上司にはおべっか使うよな。客にはぺこぺこヘラヘラするよな。僕はその相手が、莉々子っていうだけだ。

「さあ、揃ったし、出発しようよ」

マスターが手をたたいた。みんなでバーを出て、裏手の駐車場に向かう。そこにはグレーのハイエースが止まっていた。

「あ、これ、十四人乗りのやつ。うちの塾でも送迎に使ってる。でも中型免許いるよね。マスター、持ってるの？」

「おととしくらいに取ったんだ。バーなんてやってると夜しか活動しないじゃん？　昼間になにか建設的なことしたくてさ、教習所通っちゃった」

「すげー。場末のバーのおっさんだと思ってたけど、マスター、なかなかやるじゃん」

「なんだよそれ。褒められてんの、けなされてんの」

　みんなで笑いながら荷物を積んだ。九人もいるのに、荷物を三つに制限しているおかげで、車内のスペースには余裕があった。末広のポケットバイクも問題なく収まっている。

「では、出発しんこーう！」

　マスターの陽気なかけ声が、車内に響く。テンションＭＡＸの大人たちも「しんこーう！」と合唱する。道中ではおしゃべりに興じる者、車内テレビを観る者、眠る者など思い思いに過ごす。由宇は、「はい、由宇チューブチャンネルでっす！　今日はなんとこれから無人島へ行きます！　メンバーはこの九名です」とぐるっとカメラレンズで車内全体を撮っていた。「あ、もちろん帰ってくるまで配信しませんよ。あと顔にはモザイクかけるんでご心配なく」と言い添える。録画が続く中、隣の席の莉々子は日焼け止めをせっせと塗っている。まあとりあえずは楽しもう、と心に決めて、僕は窓の外を見た。

そこから二時間ほど走った先の港には、青空の下、ヨットやクルーザーがずらりと係留されていた。壮観だった。レンタルもあるが、個人所有も多いらしい。不景気なんてどこ吹く風、いつの時代にも金持ちはちゃんといるのだ。

「莉々子のおやじさんも、クルーザーの一隻や二隻、持ってそうじゃない？」

ふと尋ねるが、莉々子は笑って首を振る。

「持ってないよ」

「さすがにお金がかかりすぎる？」

「じゃなくてうちの家族、海に興味がないの。飛行機なら持ってるよ。四人乗りだけど」

さいですか。やはり住む世界が違う。が、僕だってもうすぐ、そちら側の人間になれるのだ。

「さあ乗って乗って」

まぶしいほど白いクルーザーに先に乗り込み、マスターが手招きする。

「アイアイ、キャプテン！」

お調子者の由宇がおどけながら、自撮りしつつ乗り込んでいく。僕たちもあとに続いた。

「ちょっと待って、これもマスターが操縦すんの⁉」

五木がすっとんきょうな声を上げる。

「まあね」

「すごくない？　車の中型免許までは、まあ理解できる。でも船舶免許までっていうと、やばい」

「相続したからには、そりゃあ乗ってみたいって思うじゃん」

マスターが笑う。たまたま家の近所にあるアイランドに通い始めて一年がたつが、そういえばマスターのことはあまり知らない。

「これも相続？　マスターってセレブだったんだ」

「そんなことないんだよ、本当に。船舶免許だって難しいわけじゃないし、費用だってそこまでかかるわけじゃない。それに初めて行った時、クルーザー借りて操縦士を手配したらすごい金がかかったからさ。だったら自分でって思うじゃん」

「でもクルーザーの係留代も、結構するでしょ」

「まあねえ。でもそれも遺産のなかから勝手に引き落とされてるから」

「えーまじで。やっぱセレブだよ。うらぶれたマスターだと思ってたのに」

「さっきよりひどくなってるじゃん」

またみんなで大笑いする。ふと見ると、莉々子はつまらなそうに海を眺めている。いくらマスターに多少の遺産があろうと、莉々子の生まれ育った環境にはかなわないだろう。莉々子こそ、本物のセレブだ。

クルーザーは二階建てで、上のフロアに操舵《そうだ》室があった。操舵席をコの字に囲むようにソファ席があり、みんなでそこに座った。すがすがしい朝陽の下、舵輪《だりん》を握るマスターはかっこよかった。

　エンジンがかかり、いよいよ海上に滑り出す。港を抜けると、あっという間に大海原が広がった。潮風が気持ちいい。サングラス越しでも、輝く海と透き通る青空は感動的だった。が、そこまでだった。海から突き上げてくる揺れに、気持ち悪くなり、吐き気が襲ってくる。川上と吉田は慣れているのだろう、へっちゃらな顔をして海を眺めていた。

「その階段を下りたらキャビンになってるから、横になりなよ。大きなソファと、ベッドも五つくらいある」

　川上と吉田を残して、六人で階段を下りる。ラグジュアリーなリビングルームで、冷蔵庫やキッチンもあった。その奥には三つのベッドルーム、そしてシャワーとトイレもある。しゃれたバーカウンターもあり、いつもの僕たちなら置いてある酒を吟味するんだろうけど、船酔いには勝てない。六名はソファとベッドに倒れこみ、莉々子と僕はダブルベッドに寝転んだ。

　あまりの気持ち悪さにぐったりし、いつの間にか眠っていたらしい。みんな、着いたよー、と揺り起こされた時にキャビン内の壁時計を見ると、午後三時となっていた。六時間も乗っていたのか。エンジン音はすでに消えており、ゆったりとした波に合わせて船が揺れる。

　寝ていた者たちは緩慢な動きで起き上がり、だらだらとキャビンを出る。しかし外に出たとたん目にした景色に、だるさなど吹き飛ばされた。

どこまでも透き通った、エメラルドグリーンの海。水底に揺らめく白い砂は、島に近づくにつれて浅くなっていき、ふかふかの砂浜へとつながっている。そして砂浜の向こうには青々とした木々がそよいでいた。

「まじかー」

五木が涙ぐんでいる。わかる。無理もない。これは僕たちが――いや、全人類が思い描く理想的な無人島そのものだった。僕たち九人は今、夢と対峙しているわけだ。

「一分でも時間がもったいない！　それ！」

ウエットスーツを着た吉田が、シュノーケリングマスクとフィンをつけ、ローストビーフを持った片手だけあげながら、ざぶんと飛び込む。彼は一足先に砂浜へ上がり、枯れた木や枝が重なったエリアに肉を置くと、走ってまた海に飛び込んだ。

「すげー！」時折顔を上げて、彼が叫ぶ。「浅いところでもめっちゃきれいで気持ちがいい！次は絶対、酸素ボンベ一式持ってくる！」

「じゃあ僕も」と川上が続き、由宇も末広も天野医師も海に飛び込んでいく。船着き場があるわけではないので、係留したところから海に入って浜に上がるしかない。みんなを見ていると、男性の中で一番小柄な川上でも肩から上が出るくらいの深さのようだ。僕なら胸から上が出るだろう。身長百六十センチの莉々子にとってはぎりぎりか。

「修一くんと莉々子ちゃんも降りなよ。みんなはテンション上がって飛び込んでたけど、ちゃんと梯子《はしご》あるから」

　マスターが言う。

「行こう、莉々子。僕が先に降りるから」

　片手に荷物を持ち、船体に取り付けられた梯子を下り、そっと足を海水につける。気持ちい！　梯子から手を離すと、ふわりと着地した。アクアシューズ越しでも砂の柔らかさを感じる。思わずそのまま片手泳ぎで砂浜まで泳いだ。マットレスなど荷物を置く。

「おいでよ莉々子。最高だよ！」

　手招きしたが、莉々子は両腕を組んで、ふてくされたように立っている。

「んもう！　すぐ下で待っててくれないとだめじゃん！」

　そうだった。僕は彼女を運ばなくてはならないのだ。

「そんなに深くないから、両手にミュールを持って、高く上げたまま歩けば大丈夫だよ。服はすぐ乾くって」

「そんなダサいこと修ちゃんの前でできるわけないでしょ。ほら、早く」

　僕に好きでいてほしくてのことなら、自分の足で砂浜まで来てくれた方がありがたい。けれどもそんなこと言えるはずもなく、僕は梯子の下まで戻った。莉々子の白くて細い足が、目の前に下りてくる。ヒールがあぶなっかしい。最下段に足を乗せたまましゃがませ、片方の脇下に僕の左腕をすべりこませる。それから曲げた両足の下に右腕を入れると、うまいことお姫様抱っこになった。

「絶対にあたしもヴィトンも一滴も濡らさないでよ。泣いちゃうからね」

海でのお姫様抱っこが嬉しいのか、足を強くぶらぶらさせる。バランスを崩しそうになるが、ミュールを濡らすと面倒なことになりそうなので、なんとか耐えた。

砂浜につくと、「そのまましゃがんで」と莉々子が言った。僕が砂に膝をつくと、抱っこされた状態のまま、自分の手でミュールを脱ぎ、きれいにペディキュアされた素足で砂浜に立つ。

「わー、さらさら！　気持ちい！」

片手にミュールを持ち、くるりと回る。多分彼女の脳内では、グラビア撮影会が行われている。

とりあえず、ここまで無事に来られればこっちのものだ。僕は木陰の下にエアマットレスを広げる。ひとりでにむくむくと膨らんだマットレスの上に、早速靴をけり脱いで大の字になる。それから持ってきたチャーシューの塊に、豪快にかぶりついた。ああ、これこれ。このために来たんだ。

由宇の動画撮影だろう、ハイテンションの声が聞こえた。川上は釣り、天野医師は昼間の星観察、五木は模造刀で素振りをしている。

「あーほんと、天国みたいね」

脳内グラビア撮影を終えた莉々子が、隣に寝転んできた。

のんびりした後、砂浜を散歩したり、川上の釣果《ちょうか》を見て感心したり、由宇の動画撮影の背景にピースサインで映り込んだりしているうちに、夜のとばりがゆっくり降りてきた。

「マスター、招待してくれてありがとう」

砂浜であぐらをかき、ボウモアのボトルを片手にビーフジャーキーをしゃぶっているマスターに改めて言った。

「ほんとに最高です。大人になってから、こんなに楽しいことが起こるなんて思ってませんでしたよ」

天野医師もマスターの隣に腰掛け、裂いたラム肉をつまみに山崎25年を飲みながらしみじみする。

「俺もです」「僕も。夢が叶った」「ほんまにええ思い出ができた」

みな口々に礼を言った。

「楽しんでもらえたのなら甲斐《かい》があったよ。こちらこそ来てくれてありがとう。あ、そうだ」

マスターが、がさごそと脇に置いてある袋を探った。

「ちょっと反則なんだけど、乾杯用に、クルーザーのバーから酒を持ってきたんだ。自分でルールを采配してたくせに、自分で破っちゃダメかな」

「全然ええやん。なあ?」

「もちろん!　乾杯は別腹っス」

「いや、それ意味違うし」

「ていうかマスターはルールフリーでいいんだよ。ホストなんだから」

「そうそう」

また大笑いする。マスターが心底嬉しそうに、ひとりひとりにカップ酒を渡した。

「いいねえ。無人島で飲む日本酒も最高だ」

五木は嬉しそうにふたを開ける。

「では最高の夜に、かんぱーい！」

満天の星の下、ガラスがにぎやかにかち合う音が響いた。


それからどれくらいの時間がたったんだろう。突然、悲鳴が耳をつんざいた。

反射的に起き上がると、水平線に太陽が顔をのぞかせるところだった。光が放射状に空に広がり、息をのむほど神々《こうごう》しい。

いつの間にかぐっすり眠ってしまっていたようだ。隣では莉々子が寝息を立てている。今のは誰の悲鳴だろう。どこからだろう。

マットレスが揺れないように下り、寝ぼけ眼《まなこ》で歩く。と、遠くに数人が集まって沖を見つめているのが目に入った。

「おはようございまーす！」

思い切り叫んで、アピールするように両腕を大きく振った。

しかし誰も僕を見ない。ただじっと沖を見ている。神々しい景色に魅せられているのだろうか。

「おはよっス。どうしたんスか？」

寝ぐせ頭の末広が、木陰からのっそり這い出てきた。

「いや、わかんないんだ」

「でも悲鳴が聞こえませんでした？」

「やっぱり？　気のせいじゃなかったんだ」

「あー腹減りましたね」

「だな。お互い、あんまり食い物持ってこな――」

僕の言葉を末広の叫び声が遮った。

「どうしたの」

「あ……あれ……」

震える手で、沖を指さす。そこには厳《おごそ》かな朝陽以外は何もない。

「なんだよ。なにもないじゃないか」

「そうなんスよ。なにもないんス」

「じゃあ別に問題――」

そこでハッと気が付く。何もない。それが、それこそが、大問題じゃないか。

僕と末広は慌てて、立ち尽くしている仲間の元へ走り寄った。

「ク……クルーザーは……？」

僕の言葉に、吉田が、やっとゆっくりとこちらを向いた。その両目はぽっかりとあいた空洞のようだった。

「……ない」

彼はかすれた声で言った。

「ないって、そんな、じゃあ……」

帰れない。

寒気が背中を駆け上る。全身に鳥肌が立ち、その場にくずおれた。

水面が朝陽を反射してダイヤモンドをちりばめたように輝く。しかし取り残された今、それらの輝きは自分たちに襲い掛かろうとする、鋭い牙のぎらつきに見えた。

2. 由宇

「――そういえば、マスターは？」

大村《おおむら》修一が言い、俺はハッと我に返って周囲を見回した。今ここにいるのは、マスターを除いた男七名。莉々子はエアマットレスでまだ眠っているのが遠くからも見える。

「まさか、流されたんじゃないでしょうね」

いつも穏やかな天野医師も、さすがに緊迫した様子だ。俺の頭の中に、勝手に動き出してしまったクルーザーを慌てて追いかけ、波にさらわれるマスターの姿が浮かぶ。いつもユーチューブ用にいろいろな動画を撮っているせいか、あまりにもリアルに想像できてしまい、鳥肌が立った。

「さすがにそれはないって。どっかでまだ寝てるよ」俺は自分の想像を振り払うように、きっぱり言った。「みんなで捜そう」

そうだなそうしよう、とみんな頷き、それぞれ散らばってマスターを捜し始めた。俺もまだ酒の残る重い頭で、いっしょうけんめい昨晩のことを思い出そうとする。そうだ、確かカップ酒で乾杯した時、俺は自分のチャンネル用にカメラを回していた。マスターはおどけた足取りで踊った後、流木に座って楽しそうに飲んでたんじゃなかったっけ。そのままごろりと横になっていびきをかきはじめたからカメラを止めたのを覚えている。あれ、そういえばカメラはどこへ行ったんだろう。手振れ防止機能のついた、三脚にもなるスタビライザー付きカメラ。手のひらサイズで、すぐに取り出して撮影できるように、ラッシュガードの胸ポケットに入れていたはずなのに。

いや、それよりも今はマスターの行方だ。

そう考えながらもとりあえず流木に近づいていくと、その上に俺のカメラが載っていることに気がついた。どうしてここに？　俺、こんなところに置いたっけ。壊れていないか確かめるために起動すると、マスターが映った動画ファイルがあった。昨晩俺が撮ったのは、飲んで踊って眠った動画のはずだ。が、この動画ファイルのサムネイルでは、マスターはまっすぐカメラを見つめている。

俺、こんなの撮ったっけ？

訝《いぶか》しく思いながら、再生ボタンを押す。

——おお、映ってる映ってる。セルフィーモード成功だ。

小さな画面でマスターがしゃべり始めた。

——すごいね、これ便利だね。ミニ三脚みたいなのとカメラが一体化してて、しかもポケットサイズで軽い。なのに4Kってさ。おじさんは時代についていけないよ……って、どうでもいいか、そんなこと。えーと、どこから話そうかな。あ、由宇くんごめんね、勝手にカメラ借りて。あとみんなにもごめん。眠ってもらっちゃって。日本酒に睡眠薬入れさせてもらった。

画面の中のマスターが、顔の前で申し訳なさそうに両手を合わせている。

は？　ちょ、ちょっと待って。睡眠薬？

「おーいみんな！　急いで来て！」

　あちこちに散らばっていた連中が、俺の切羽詰まった声に集まってきた。小さな画面に、全員が顔を寄せる。

――アルコールと睡眠薬って禁忌だけど、そんなたくさんじゃないから許してね。これを撮影してる間に目を覚まされちゃ困るし、クルーザーもエンジン音が大きいからぐっすり眠ってもらわないと。えーと、さて、本題本題。みんな、あらためてありがとうね、こんな無人島まで来てくれて。でもごめん、僕、先に帰るから。みんなには、うーん、ゲームっていうか実験っていうか、検証っていうか……いや、やっぱりゲームかな、ちょっとやってもらいたくて。

「え、これ何スか？　由宇さんが書いたセリフを読んでるの？」

「しっ！　違うよ、勝手に録画されてたんだ」

――僕、本当に嬉しかったんだ。みんなで一緒に、ひいじいちゃんやおやじから受け継いだ無人島に来ることができて。三つのアイテムを選ぶ過程も面白かったよね。個性豊かでさ。

今まで自分の身の上なんて話したことないけど、代々、貸しビルとか駐車場を経営してて、その家賃収入で生活してるんだ。何もすることがないから、暇つぶしにバーを経営してる。あ、ちなみにバーが入ってるあの雑居ビルも、僕がオーナーね。セレブといえばセレブなんだろうね。だけど正直、単調で刺激のない、つまらない人生なんだ。特に僕は結婚もしてないし子供もいないからさ。

だけど無人島にみんなで行けることになって、久しぶりに興奮したよ。わくわくしながら準備してた。一日や二日で戻るなんてもったいないなあって思いながら。

そしたら、むなしくなっちゃったんだよね。戻ってきたら、また同じ日々。帰ってきたくないなあって。わくわくすること、僕の人生には起こらないのかなあって。で、準備も終わって、暇だからオンラインゲームして時間を潰してたんだけど、それが無人島でアイテムを使って最後のひとりになるまで戦うっていうやつだったの。

でね、ふと興味が湧いたんだよ。今回のメンバーが、それぞれのアイテムを駆使したら、誰が生き残れるんだろう？　って。その思いつきがどんどん膨らんで、眠れなくなるくらい想像をかき立てられた。で、決めたんだ——実際にバトルロワイヤルをやってもらおうって。

いや、別にさ、殺し合いをしろって言ってるわけじゃないよ？　ただ、最後のひとりになるまで生き残るっていうだけ。ラスト・マン・スタンディング。もちろんサバイバーには、ご褒美がないとだめだよね。いくらくらいだったら、モチベーション上がるのかなあって考えた。

一億？　んー、今時それっぽっち、都心でマンション買ったら終わりだよね。二億？　三億？　その程度じゃ、みんな燃えないかな。でも……十億ならどう？　競争心に火がつかない？

もちろん、全員で生き続ける道を選んだって、それはそれでいいよ。賞金はないし、一生その島から出られないけど。でもきっと、そんなところじゃあ死ぬのは時間の問題なんじゃない？　感染症、熱中症……いろいろ考えられるよね。だったらさ。賞金十億を目指して生き残ってみなよ。ラスト・マン・スタンディングになりなよ。

十億あれば、一生遊んで暮らせるんじゃない？　いくつか不動産を買って家賃収入で食べてもいいし、会社興してもいいし。とりあえず人生が一変する額だと思うよ。

それに、単純にどのアイテムが最終的に役に立つのかも興味あるよね。とはいっても、あの質問ではバトルロワイヤルを想定して選んでないから、その点では検証結果は違ってくるか。あはは。

マスターはさもおかしそうに、両手を叩いて笑った。なんだよこれ。笑えねーよ。いつもにこにこしていて、人当たりのいい聞き上手なマスター。だけど今はその満面の笑みが、空恐ろしく、狂気すら感じる。

――あ、きっと今、生き残ったとして、どうやって僕に連絡するんだろうって考えてるよね。電話もないし。僕も、どうしようかなあって悩んだんだけど、良い方法を見つけたんだ。

ほぼタイムラグなしで、衛星画像を手に入れることができる有料サービスがあるらしいんだ。僕は毎朝、九時頃に島の俯瞰《ふかん》画像を確認するよ。だから勝負がついたら僕にわかりやすいように、木か何かを並べて砂浜に目印してよ。最後のひとりになったってことがわかるような……あ、そうか、だったら木じゃなくて、死体を並べればいいね！

君たちは今、全員で八人。だから砂浜に死体を七体並べてくれたら、ゲームクリアとしよう。ああ、もちろん生きてるのに寝転がって騙《だま》そうとするかもしれないから、七体の死体が並んでから最低でも三日間は画像で観察するつもりだよ。死体が動いていないか、ちゃんと死後変化があるかを確認したら、迎えに行くからね。自動操縦のミニボートをよこすから。

そうだ。そのミニボートなんだけどね、実は二人乗りなんだ。だからまあ、ぶっちゃけ二人までは生き残ってもいいってことになる。ちょっとつまんないけどね。

二人の場合は、当然だけど賞金は半分こね。ラスト・マン・スタンディングか、ラスト・トゥー・メン・スタンディング。生き残るのは一人でも二人でもいいよ。

ちょっと今、ホッとした？　だけどそうでもないよ。だって六人を排除しなくちゃいけないことは変わらないから。七人からひとりが減っただけだよ。ただ、まあ修一くんと莉々子ちゃんカップルには良かったかな。お互いを殺し合わずに済みそうでしょう？　頑張ってふたりで生き残ってね。

おかげでこれから毎日の刺激ができたよ。久しぶりにわくわくしてる。本当にありがとうね。

それでは諸君、健闘を祈る！

最後に芝居がかったように敬礼したところで映像は終わっていた。

誰もが混乱し、言葉を失っていた。

「――これ、冗談やんな？」

わざとらしいほど明るい川上の声が沈黙を破った。が、声が震えている。

「ドッキリ企画ちゃうん。クルーザーをどっかに隠して、マスターは笑いをこらえながら俺らが慌てふためくのを見てるっていう。いや、絶対そうやって。おーい、マスター！　どこですかー！　はよ出てきてくださーい！」

川上が両手をメガホンのようにして口を囲み、大声をはりあげた。が、波の音と木のざわめきしか聞こえない。

「いや、でも確かに、島の反対側にクルーザーごと隠れているのかもしれません」

天野医師も希望を持って言った。

「マスターは、二時間あればぐるっと回れるほどの島の大きさだと言っていました。ということは、この浜から直線で突っ切って行けば一時間もせずに反対側に出れるんじゃないですかね」

「よし。じゃあ行ってみよう」

まだ眠っている莉々子を残して、男性陣で森の中へ入っていく。が、数歩進んだだけで未開の地の、想像以上の猛々《たけだけ》しさを思い知った。むきだしの木の根や蔦《つた》に足を取られそうになり、慌てて掴もうとした枝は親指の太さくらいの棘《とげ》で覆われている。歩くたびに枝やら蔦やらに腕をひっかけ、すでに傷だらけだ。サバイバルゲーム用の迷彩服にアーミーブーツといういで立ちの五木が率先して前を進んでくれなかったら、とてもじゃないが歩けない。だんだんと傾斜がきつくなってきて、ついていくことすら難しくなってきた。まだ森に分け入ってから、せいぜい十五分程度。一時間かかるとしたら、あと四十五分も歩かなくちゃいけない。

　無理ゲー。腹も減った。喉もカラカラ。これ以上は動けない——そう思った時だった。先頭の五木、それに続く川上が立ち止まった。なんだろう。ふらふらだったが、力を振り絞ってなんとか二人のいるところまで登る。

　そこは頂上で、木々の間からぐるりと島の周辺が見渡せた。だけど——クルーザーなんて、影も形もなかった。

　あまりの虚しさに、誰もひとことも口をきかず、黙って引き返した。森をぬけて砂浜に戻ると少しはホッとしたものの、何もない海を目にした途端、あらためて恐怖が襲ってくる。

　ガチだということは、もう疑いようはなかった。気がつけば、マスターが持ってきた酒のボトルやビーフジャーキーはない。他のメンバーのアイテムにならないよう、徹底すべく持って帰ったのだ。

「なんとか脱出できないかな」

俺が言うと、「そうや、木でいかだを作ろう」と川上の顔に希望が浮かんだ。

「残念ながら難しいね。どこを目指せばいいかもわからない。宇宙空間に放り出されるようなもんだ」

申し訳なさそうに、吉田が首を横に振る。

「でも……船が発見してくれるかも」

「その前にいかだなんてバラバラだよ。海に出たら百パーセント死ぬ。島にいる方が生きられる可能性は上がる」

俺も川上もがっくりと肩を落とした。

これからどうするのか。どうなるのか——緊迫した空気が流れる。

「おはよーございまあーす」

鼻にかかった莉々子の声が聞こえてきた。マットレスと一体化したブランケットから足を揃えてするりと抜け出し、素足のままモデル歩きでこちらに近寄ってくる。途中で両手を高く上げて、んーっと胸を反らせてわざとらしく伸びをした。

「みんなぁ、シリアスな顔してどうしたのぉ？」

説明する気が起こらず、俺は黙ってカメラを渡す。莉々子はマスターの動画をきょとんとして眺めていたが、だんだんと顔から血の気が引いていった。

「そんな……あたし、おうちに帰れないの？」

動画が終わると、莉々子は泣き始めた。そうだよ、俺たちだってみんな、泣きたいっつーの。

「大丈夫だよ。必ず帰れるから。ね？」

修一が一生懸命慰めているが、彼だって不安で仕方ないはずだ。修一はイケメンだし一流大卒なのに、こんな女と婚約だなんて悲惨だと思う。大企業の社長令嬢らしいが、完全な事故物件だ。モンスターペアレンツやらモンスターペイシェントならぬ、モンスターフィアンセだよ。現在の八名から、真っ先にアウトになるのはこの二人だろうな。

修一は莉々子をなだめると、きりっとした表情を俺たちに向けた。

「バトルロワイヤルだなんて、ばかばかしい。なんとかしてみんなで生き延びて、脱出しよう。助け合えばなんとかなるよ。いや、なんとかしないと。全員のアイテムを活用すれば、しばらくはしのげるはず。アイテムは自分しか使えない、なんてルールは、こうなったからには当然だけど無視して、お互いに協力――」

「ちょ、ちょっと待ってくださいよ、修一さん」

大学生の末広が遮った。

「全員のアイテムとか、助け合いとか、お互いに協力とか、修一さんは気軽に言ってますけど……その……それって、あくまでもギブアンドテイクで成り立つものだと思うんスよ」

修一はきょとんとしている。末広が言わんとしていることを俺は察したが、修一は全くピンと来ていないようだ。

「つまり、助け合いは、お互いにメリットがないとできないってことです」

　末広が遠慮がちに、だがハッキリ言ったのに、修一はアホ面のままだ。もうここはズバッと言うしかないだろう。

「修一さんの持ってるアイテム、たぶん、誰も要らないんスよ。だから『互いに助け合う』という輪の中に、入れると思わないでください」

　修一は心底驚愕したように目を見開いた。マジか。どういう神経回路で助けてもらえると思ってたんだ。やっぱり修一も莉々子と似た者同士なのだ。誰かが手を差し伸べてくれると思い込んでいる。修一が莉々子を少々疎ましく感じていること、そして打算で結婚することは、言動の端々でわかる。莉々子より自分のほうがマシな人間だと思っているんだろうが、周りから見りゃお似合いだ。

「え、で、でも……でも……」

　修一は目を見開いて、口をパクパクさせている。その後ろで、莉々子が気の毒そうに修一を見つめていた。その表情は、まるで他人事という感じだった。

「修ちゃん、大丈夫よ。あたしの分けてあげるから」

　ええと確か、この女が持ってきたのは、恋人である修一、日焼け止め、そしてメイク道具だ。そんなしょうもないアイテムを分かち合ったとして、何が解決するんだろう——不思議に思っていたら、すぐに理由が分かった。

「あたしがみなさんから分けてもらったものを、修ちゃんと半分こする。それならかまわないでしょ？」

莉々子は末広をまっすぐ見つめ、そうのたまった。

末広の修一に対する厳しい言動をはらはらと見守っていた外野も、さすがに目が点になっている。いったいどこから、こういうおめでたい発想が出てくるんだ？

「あの、だから……俺たちは莉々子さんとも分けるつもりはないってことっス」

莉々子は「ええ！」と大声を上げた。「どうして？　どうしてなの」

「だから、俺たちには莉々子さんのアイテムも不要だからです」

「アイテムが不要だから、なに？　だって、このあたしがお願いしてるのよ」

ぽろぽろ涙を流す。だから、そのお前が無用の長物だっつーの。きっとこれまで周囲にはぺこぺこする人間しかいなかったんだろうな。

「とにかく要りません」末広は頑なに続けた。「一緒にチームを組んで、アイテムを共有してもらっても、はっきり言ってこちらにはメリットないんスよ。それどころか、こちらにある食料を分けなくちゃならなくなる。

それに、修一さんは魚を獲ったり、獲物を捕まえたりできますか？　生きる為にはアイテムだけじゃなくて、スキルも必要でしょ。莉々子さんに至っては、正直、なにも期待できない」

「それは――」

修一は耳まで真っ赤にしてうつむいた。一方、莉々子は子供のように泣きじゃくっていたが、はっと涙にぬれた顔をあげた。

「十億あげる」

「は？」

「あたしたちを助けてくれたら、十億、ううん、十一億あげるわよ」

莉々子が胸を張る。

「いや、だから……もらえるかどうかわからないお金より、今は命を守る方が優先なんス」

「じゃあ二十億」

この女、話聞いてんのか？

「莉々子ちゃん、今、俺たちに必要なのは、お金より、食べ物とか、飲料とか、そういうものってことなんだよ」

見かねて、俺は末広の援護をした。

「修ちゃんはお肉を持ってきたわ」

「そうだけど、助け合うには足りない、釣り合わないってことなんだよ」

俺の言葉に、莉々子は口を開けてぽかんとしている。

「もういい、行きましょう」

末広が言った。

「日が落ちるまでにやることがいっぱいあります。時間がもったいない。悪いけど、二人のことは相手にしてられないスよ」

　末広が俺の肩を叩いたタイミングで、修一と莉々子以外のみんなが頷いた。俺たちはそれぞれのアイテムを手にすると、呆然としている修一と、またしくしくと泣き出した莉々子に背を向けて歩き去った。


　ちょっとかわいそうだったかな、という気持ちも少々あったものの、どう考えてもこれで正解だったと思いながら、とりあえずできるだけ二人から離れるべく歩いた。

　たったの三つしかチョイスがない中で、恋人に一枠を割いたのは非常にもったいない。愚かだし、同情の余地はない。いや、一万歩ゆずって、恋人はいいとしよう。日焼け止めとメイク道具なんて正気とは思えない。

　いや――

　他人から見たら、俺のカメラだってそうかもしれない。サバイバルという観点からは、無用の長物というのは同じか。よくよく考えたら、島で日差しにさらされることを考えると、日焼け止めのほうが役に立つんじゃないか。いや、でも俺、ナイフ持ってるしな、と思い直す。多機能で、火を起こせるファイヤースターター付きだし。重宝されるだろう。

　それにしても、末広の判断力には驚いた。おそらく全員、まっさきに修一と莉々子を頭の中では除外していた。けれどもさすがに面と向かって拒絶できない。そういう役を買って出てくれた末広には感謝しかない。早いうちに、ズバッと二人を切ってくれてよかった。

これで八名から六名になったわけだが、ここからどうするのだろう。不安だが、とりあえず今はこのメンバーで行動するしかない。

修一と莉々子のいる場所から三百メートルほど離れた木陰で、末広が立ち止まった。

「とりあえずここに座りましょう」

流木の上、砂浜の上にそれぞれ腰を下ろし、車座になる。

あらためて、ざっとメンバーを見回す。このなかで最も重宝される人物は、まず釣りのできる川上だろう。それから理科の知識がある塾講師の吉田。医学知識のある天野医師も心強い。キャンプやアウトドアに長《た》けた末広も欠かせない。五木は野山でのサバイバルゲーム経験が豊富で、未開発の森でも果敢に進んでいける。となると……ひ弱なユーチューバーの俺は、この中では最下位だ。冷や汗が出てきた。

「末広君って、勇気あんねんな。ちょっとびっくりしたわ」

川上が気を落ち着かせようとしているのか、手に持っていた鬼ころしをひとくち口に含んで言った。

「ですよね。驚きました」

天野医師も頷く。

「ああ、勇気っていうのとは違いますね。怖いんスよ」

「怖い？」

「はい。自分、サークルとはいえ、割とガチでアウトドア活動してるんス。安全なキャンプ場に行くこともあるけど、道もないような山を登ってテント張ることもあります。熊にも遭遇したし、毒蛇に噛《か》まれたこともありますよ。けっこう、命張った感じ。

　で、アウトドアでね、一番怖いのはなんだと思います？　熊でも毒蛇でもない。アホな仲間です。足を引っ張るんスよ。熊が出たら大騒ぎして、食いもんやって追い払おうとしてサンドイッチを手渡そうとしたりね。そんなことしたら、余計に人間に寄って来る。ああ、文字通り蜂の巣をつついた奴もいました。自分、何か所も刺されて全身が腫《は》れて、死にかけましたよ。アホな奴はね、アウトドアでは仲間を命の危険にさらすんです。早く切っておかないと、命取りになるんスよ」

　末広は真剣な表情で言った。俺もへたをやらかしたら切られる――背中を嫌な汗が伝った。

「日が沈むまでに、燃やせる枝とか草をできるだけ集めなくちゃっス。あとは寝床づくり。今日は天気がいいけど、島だから天候は変わりやすいはず。雨風がしのげる場所を探しましょう」

「天候か。今はいいけど、秋冬になったらどれくらい寒くなるのかなあ」

　五木が不安げに言った。

「うーん」吉田がぐるりと辺りを見回す。「もちろんある程度は寒くなるだろうけど、どんなに寒くなっても気温が十二度を下回ることはなさそうかな」

「どうしてそんなことがわかるんですか？」

天野医師が驚いている。

「ヤシの木がかなり育っていて、しっかり実がなってるよね」

吉田が島のあちこちに自生する、背の高い木々を指さした。

「ヤシの木があそこまで育つには、冬でも十二度以上ないと難しい。一般的に、人間が凍死してしまう外気温は十一度以下と言われてる。だから大丈夫だと思うよ」

「さっすが先生」

ホッとしたように五木が笑顔になった。

「ただ、酒を飲んで寝込んでしまうと十五度でも凍死してしまうことはあります。そこは気をつけないといけませんね」

医師らしく天野が言った。

「とはいえ今は六月ですから、しばらくは心配しなくてよさそうです。むしろ、日差しの方が危険かもしれません。とりあえず日中はできるだけ日陰で過ごした方がいいでしょう。全員サングラスを持ってきたのは大正解です」

「じゃあ温度はオッケーとして、水分は？　昔、テレビで葉っぱに溜まった朝露を飲むっていうの見たことあるけど、それくらいじゃ干からびちゃうよ。今も喉カラカラだし」

　五木が喉を押さえながら言う。

「いざとなったら、自分はしょんべんだって飲むつもりっスけどね」

　末広の言葉に、川上が目を見開く。

「うそやん、ほんまに？」

「死ぬよりいいじゃないスか」

「いやいや、それこそヤシの実があるから大丈夫だよ」

　吉田が慌てて割り込んだ。

「ヤシの実の中には水分があるから。ココナッツウォーターって、しゃれた食品店なんかによく売ってるでしょ」

「ああ、そういえば。でも――」川上が不安そうに、そびえるヤシの木々を見やる。「どの実も、まだまだ青いやん。熟してへんのんとちがう？」

「その方がいいんだ。熟すにつれて水分が固形胚乳、つまり白い果肉におきかわってしまう。その白い果肉も熟しきると固くなるから、若い方が軟らかくて食べやすいしね。だから今の季節でラッキーだったよ」

「あの白いところって胚乳なんや。え、じゃあ水は何なん」

「あれも胚乳だよ。液体胚乳」

「へえー、液体もあるんや」

こんな非常時なのに、みんな感心している。いまいち、まだ現実感がないのかもしれない。だけどとりあえず飲料には困らなさそうであることにホッとした。

「そういえばオレンジもなってるってマスターが言ってたよね。あとでオレンジも探してみるよ」

俺も発言して、存在をアピールしておく。

「気温と水はオーケーとなると、あとは食料問題ですねえ。肉を持ってるのはわたしと吉田さんか。わたしは十キロのラム肉を持ってきて、昨日で一キロは食べましたかね。九キロは残ってるんじゃないでしょうか。もちろんみなさんと協力したいので、公平に分けたいと思っていますよ」

天野医師が言うと、吉田も頷いた。

「もちろん僕も分けるよ。たぶん僕もそれくらい残ってるんじゃないかなあ。十八キロを六人で分ければ三日は持つかな。でもそこからが問題か」

「いやいや、そこからは僕がめっちゃ協力できるやんか。ちょっと来て」

川上が誇らしげに、僕らを波打ち際まで連れていく。浅瀬の一角を、石を積み上げて丸く囲んであった。覗き込むと、何匹か魚が泳いでいる。

「おお！」「すげー」「本格的」

みんなが感動の声を上げると、川上は嬉しそうに頭を掻いた。

「まあ、天然の生け簀《す》ってかんじやな。ここら辺、めっちゃ釣れるってわけじゃないけど、少しずつ食べていけば全員分は何とかなるんちゃう」

「それは頼もしいですね」

心からホッとしたように、天野医師が笑顔を浮かべた。

「それでさ……ちょっと思ってんけど」

遠慮がちに川上が続ける。

「水も手に入る、魚も獲れるんやったら……修一くんと莉々子ちゃんにも分けてあげたらどうかな」

「うん、俺はかまわないよ。分けてあげようよ」

このメンバーの中では最下位の俺、明日は我が身だ。真っ先に賛同した。

「いいんじゃないでしょうか」

「うんうん、あげたら？」

天野医師と五木も頷く。

「僕も賛成――」

吉田も言いかけた時、末広が遮った。

「ちょっと待ってください、逆ですよ。食べ物、飲み物がこの島にあるんなら、あの二人も自分たちで調達すればいいじゃないスか」

「確かにそうやけど……」

「ヤシの実は確かにたくさんなってるけど、さっき森を通った時、地面に落ちてるのは茶色い実がほとんどでしたよ。水が入ってる青い実は、手の届かない高さにある。実際に手に入る数は限られてるってことっスよ」

　みんな黙り込む。

「それに、ああいう人たちって、分け与えたら最後、全部こちらに頼ってくるんスよ。特に莉々子さんなんて、してもらって当たり前の人だから、魚をあげたらあげたで、なんで焼いてくれないの、さばいてくれないのって文句言いますって。さっきの厚かましい発言でもわかるっしょ」

　確かに、容易に想像がついた。

「そうなんやけど、なんか見捨ててるみたいで、寝覚めが悪いやんか。魚を釣るんは僕やし、別にさばいてあげてもいいし――」

「川上さんがいいんなら、別にいいスよ。だけど、自分はこのメンバーから抜けます」

「え」川上が目を丸くする。「何を言うてんの。末広君かて、食いもん持ってへんやんか。ここを抜けたら――」

「いや、だから自分は、こういうの慣れてるんで。食べ物を持ってこなかったのは、トカゲでも蛇でも食えるからっスよ。ナイフもあるし、バイクで木や重い物を運んだりできる。自分はぶっちゃけ、一人きりでも困らないんスよ」

「そ、そうなんや」

川上がひるんだ。

「だけどこうしてみんなといるのは、やっぱ助け合いたいからじゃないスか。みんなで生きて帰りたい、その一心っスよ。自分があの二人を切るのは、何も意地悪からじゃない。さっきも言ったように、ああいう奴らって、必ず何かやらかすから。この島にも野獣や毒蛇、毒蜘蛛《ぐも》がいるかもしれない。少しのミスだって生死に直結する。下手したら全員死ぬ。だからあの二人と関わるなら、自分は抜ける。それだけっス」

川上は黙り込んだ。俺も全く口を挟めなかった。そもそも積極的にあの二人を助けたかったわけじゃない。

「そうやな。すまんかった、中途半端に善人ぶって」

川上が両手を合わせると、慌てたように末広が片手を振った。

「やめてくださいよ。あらためて川上さんが優しい人ってことがわかって、安心してるんスから」

確かにそうだ。こんな時でもあの二人を思いやれる川上の存在は、大きい。

「で、とりあえず足手まといの二人を排除したとして」末広が続ける。「これからどうするかって話なんスよ。今あるアイテムで生き延びられるだけ生き延びたとして——その先っス」

「それに関しては、わたしに案があります」

天野医師が軽く片手を挙げた。

「遺体が転がっていればいいわけですよね。衛星写真がどこまで近距離で、どこまで精密かわかりませんが、騙せるんじゃないかと。誰がどこに寝転ぶか、そしてどんなポーズを取るか、きちんと決めておくんです。多少ポーズが変わってもごまかせるように、波打ち際ぎりぎりに寝転ぶんです」

「あ、そうか。波で死体が動いたと思わせられるもんな。せやけど死後の変化も見るって言うてたで」

「お忘れですか？　わたしは医師ですよ」天野医師がにやりと笑う。「肌の色の変化とタイミングは知り尽くしています。草木や果物の汁を混ぜて、それっぽい色を作って肌に塗ればいい。体内ガスで膨張してくるので三日くらいが限界ですが、それくらいでボートを寄こすと言っていたでしょう。ぎりぎり大丈夫だと思います」

おお！　とみんなが拍手した。

「ただ、あまりにもすぐだとフェイクだと怪しまれるので、やはり最低でも二週間、いや、三週間はここで生活した方がいいかと思います」

「三週間なら、なんとかなりそうだね」

俺は安堵《あんど》して大きく頷く。心強かった。

「三週間後にボートが来るとして……二人しか乗れないんだったよね、確か」

吉田が考えるように腕組みをする。

「それも考えていたんですが、この中から誰か二人がいったん本土に戻って、それから迎えに来ればいいと思うんです。十億を受け取るわけですから、予算的に戻ってくることは可能でしょう」

「あ、それいいよ。受け取った後に何かをしちゃいけない、という条件はなかったし」

光明が見えた気がして、俺の合いの手も弾む。

「でも、場所なんてわかんないだろ。マスターが教えてくれるとは思えないし」

吉田は懐疑的だ。

「警察に駆けこめばいいんスよ。マスターを誘拐とか監禁とか、とにかくそういう容疑で逮捕してもらって――」

「逮捕されたとしても、場所を明かしてくれるとは限らないよ」

「いえ、それはなんとかなると思います。人命がかかってるから警察だって何が何でも白状させようとするでしょうし、マスターについた弁護士も心証のために絶対に明かすことを勧めるでしょう」

「なるほど」やっと吉田も納得したようだ。「必ず迎えに来てくれるんだったら、最初に戻る二人が誰になっても同じってことか」

「あ、それなら」俺はすかさず言った。「誰が行っても同じなら、俺、先に戻りたいな」

全員が目をむいて俺を見た。特に天野医師は、明らかに「先を越された」という表情をしていた。

「え、ダメ？　だって同じだって――」

「いやいやいや、誰だって最初に帰りたいじゃないですか」

ごまかすようにやんわり微笑《ほほえ》みながら、天野医師が眼鏡の位置を直した。もしかしたら、ここまでの案は、天野が先に帰ると言い出すための布石だったんじゃ――ふとそう感じた。頼もしいと喜んでいたのに、やっぱりどこかで出し抜こうとしている。ショックだった。

結局、戻って来るということを誰も信じちゃいないってわけだ。いくら約束したって、そんなの口先だけ。十億を二人で山分けしても五億。それを手に入れたら、もう残してきた者のことなんて、どうでもよくなるんじゃないか。いや、そもそも警察に通報した時点で、金は押収されてしまうだろう。自分たちさえ戻ることができたら、五億をもらって口をつぐんでおいたほうが得なのだ。

それに万が一戻って来るとしても、いつになるかわからない。その間にこの島で死んでしまう可能性もある。

「でもまあ、そういうことなら、わたしも由宇くんと一緒に戻りますよ」

天野医師が咳ばらいをしつつ言った。紳士だと思っていたこの人だって、結局は自分が助かりたいだけだ。人間なんて、こんなもんなんだ。

「じゃあ、俺と天野先生とで――」

「いや、ちょ、ちょっと待ってえや。そんなん困るよ。勝手に決めんといて」

「だけど――」

「先発の二人が誰でもええんやったら、そら僕かて帰りたいわ」

「結局、誰でもいいわけじゃないってことっスよね」

末広がため息をつく。

「じゃあ公平にしようやないか。じゃんけんは？」

「じゃんけんが公平ってことないでしょう。投票にしますか？」

「投票って、みんな自分に入れるに決まってるやん」

「だから、もうひとり誰を連れて帰るかってのを投票するんです」

「あ、それめちゃくちゃいいアイデアかも！」俺は膝を打った。「だって、みんな自分を選んでほしいから、良い行動をするじゃん。自分だけ食べ物を独り占めしようとしたりしたら、外される。だから互いに親切になる。すごくいいと思う」

「じゃあ決まりっスね。三週間後に、この六人――いや、本人を含まないから五人か。五人の中から一人を選んで投票ってことで――」

「あ、ちょっと待って」

それまで黙って聞いていた五木が手を挙げた。

「僕はいいよ、先発隊じゃなくて」

「え！」「本当に？」

「ああ。だって仲間だろ？　必ず戻ってきてくれるって信じてるからさ」

五木がにっこり笑う。いつも小太りの背中を丸めてグラスを傾け、役所の愚痴ばかり言う冴えない五木。だけどすごく男らしく、カッコよく見えた。

「なんか、五木さんに後光が差して見えるっス」

感激しているのか、末広が声を震わせた。

「僕も、なんか泣きそう。っていうか逆に、今のでみんな五木さんに投票したくなったんちゃう？」

川上が笑いつつ、洟《はな》をすする。

「いやいや、納税者の方々を優先するのは、公務員として当然だから」

照れ臭そうにおどける五木に、みんなが口々に礼を言った。

話がまとまったあと、それぞれ枯れ木やヤシの実を探しに散らばった。俺も森に入り、小枝や枯れ草を拾っていく。ふと、足元にきのこが群生しているのが目に入った。これ食えるかな。カメラで撮っておいて、吉田に見てもらおう。

胸ポケットからカメラを出して、きのこにズームする。きのこは全体的に黄色っぽく、かさが開いた状態のものと、まだ開いておらず丸々したつぼみ状態のものが交ざっていた。開いたかさには、細かな縦筋がある。

「うお、なんだこれ」

黄色いきのこから少し離れたところに、今度は真っ赤で大きなきのこが生えていた。しかも表面はびっしりとイボで覆われていて、いかにも絵本に出てきそうなきのこだ。

「すっげえな。魔女のスープに絶対入ってるって」

カメラを回していると、つい癖で、配信を意識したコメントをしてしまう。

その時、頭の中に稲妻が走った。

今の、この状況を動画にするのはどうだ？　無人島に取り残され、ガチンコのサバイバルを強《し》いられているなんて前代未聞だろう。しかもバトルロワイヤルときてる。

ごくり、と思わず生唾を飲み込んだ。こんなのが配信出来たら、バズりは確定。億再生も夢じゃないんじゃね？

さっきまで、メンバーの中では最下位だとか弱気になっていたが、こうなったら、俺は絶対に生きて帰らなくちゃだめだ。島での日々をカメラに収めて、必ず戻って配信しなくちゃ。

上品なことは言ってられない。いざとなれば殺しも覚悟しよう。そしてそれも動画で記録しておく。顔出しで、堂々と配信してやるよ。だってこういうの、緊急避難っていうんだろ。自分の命が危険にさらされていたら、誰かを殺しても罪にならないってやつ。

もちろん大炎上するに違いない。望むところだ。非難されようが堂々としておけばいい。五億が手に入って、億再生いけば、ユーチューバー由宇の名前は世界に轟《とどろ》きわたり、この先動画を配信するだけで遊んで暮らせる。最高だ。

いやいやいや、ちょっと待てよ。

動画的には、五億よりも十億を手に入れる方が盛り上がるに決まってる。生き残るのが二人より、一人の方が確実にバズる。

俺は絶対にこの島から一人で帰る。

手段は選ばない——

モニターには、セルフィーモードで俺が映っていた。その両目は燃えるように血走り、獣じみていた。

3. 川上

今日はなかなか釣れへんなあ。

それぞれが枯れ木、ヤシの実、休息できそうな場所を探してくれている間、僕はもちろん釣りに精を出していた。

昨日も期待したほどは釣れなかった。この島周辺にはあまりいないのかもしれない。またはいきなり人間が大勢来たから驚いて逃げたのか。

この島の海岸は端が丸くせり出して、半円状になっている。だから一番せり出した箇所を境に、反対側は見えないし、よく耳を澄まさないと声も聞こえない。昨日はみんなとしゃべりながら釣っていたが、今日からは真剣勝負だ。人間がいない側を釣り場にした。

のどかで、静かで、風が心地よい。こうして釣り糸を垂らしていると、バトルロワイヤルを課せられているなんて嘘みたいや。

だけど残念ながら現実。ほんまに全員で生きて戻れるんやろか――

弱気になった時、手に引きを感じて釣り上げる。おお、イカや！　釣り糸から外し、浅瀬の一角に石を積み上げて作った生け簀に、いそいそと放り込む。それが呼び水になったかのように、ハタ、アジ、タイ、と続けて釣れた。

ええぞええぞ。

とりあえずこの状況で一番トラブルになるのは、やはり食料だろう。飢えることさえなければ、争いは起こりにくいはずだ。肉の塊を持っている者は数名いるが、さほど量はないし、かといってケチケチ食べていては腐ってしまう。その点、僕は新鮮で栄養たっぷりの魚を提供できる。釣りという趣味が人命を救うことになるなんてなあ。

　何匹めかのタイを釣り針から外していたら、由宇がココナッツを抱えてやって来た。

「川上さん、お疲れ様。喉渇いたでしょ？　飲んでください。末広君に割り方を教えてもらいました」

「おお、助かる、おおきに」

　ココナッツは上部が切り落とされていて、コップのように飲むことができた。青臭いが新鮮な水が喉を潤す。

「ああ、うまい。なんか牛乳みたいなんを想像してたけど、透明なんやね」

「俺もピニャコラーダみたいなん想像してた」

　そう言うと、ふと由宇が口をつぐんだ。ハードリカーが苦手な由宇が、よくマスターに作ってもらっていたカクテルだった。

「釣れてんじゃん」

　話題を変えるように、由宇が生け簀を覗き込んで口笛を吹いた。

「まあな。我ながら、ええ感じやで。見ててや」

　ひゅっと遠くまで飛ばす。おおー、と由宇が言い、カメラを回し始めた。

「あれ。動画撮ってるんや」

　こんな状況になったのに、と少し驚く。

「うん。よく考えたらさ、記録しておいた方がいいかもと思って。マスターのこと訴えるにしても。それにこんな状況ではあるけど、貴重な体験には変わりないでしょ」

カメラを僕に向けたまま、由宇が言った。

「ポジティブやな。えらいわ」

由宇は僕よりずっと若い。なのに初対面の時からタメ口だったし、バーで静かに飲みたいときでも突然カメラを向けてくる無神経さがあった。だけどそれくらい大胆で怖いもの知らずな彼が、こういう特殊な状況では心強かった。

「お、かかったかかった」

リールを回して釣り上げると、由宇が「うおー！」とひときわ大きな声をあげた。

「あ、今のはギャグじゃないよ」

「わかっとるわ。その程度でギャグやなんて言うたら、関西人にしばかれるぞ」

わはは、と笑い合う。ああ、笑えてる。よかった。ほんまよかった。由宇のおかげや。きっと、まだ現実感がない。あまりのことにハイになってるだけだ。だけど笑えるという、普段ならとるにたらない事が、胸がいっぱいになるほどうれしかった。

「おーい」

少し遠くから、声が聞こえた。見ると、迷彩服姿の五木が手を振っている。上半身に装着されたスリングでマシンガンを背負い、腰のベルトには模造刀をさしている。ランボーのようないで立ちだ。

「なんか笑い声が聞こえたから」

嬉しそうな表情で五木が近づいてきた。

「わかる。こんな状況やもん。笑いが心にしみるやんな」

「うわー、でかい魚！」

釣り糸に引っかかった魚に、五木が驚く。

「なんていう種類？」

由宇がカメラを近づけた。

「これはハゼやな――あ、あかん。これは食えんやつや」

「え、どうして」五木が目を丸くする。「ハゼのから揚げ、食べたことあるよ」

「マハゼは食べられる。けど、これはツムギハゼっていう毒のあるやつや。マハゼはめっちゃうまいんやけど」

俺はズボンの尻ポケットに突っ込んでおいた手袋を取り出してはめる。触るのも危ないので、素手で触らない方がいい。ツムギハゼを針から外し、いつものように海に戻そうとして逡巡する。僕以外のメンバーは、毒のある魚とそうでない魚など見分けがつかないだろう。今後、もしも見つけて、捕まえてしまっては大事だ。

「これ、あとでみんなに見せて注意喚起するわ。口頭で言うてもなかなかわからんやろし」

「確かに。あ、それなら俺、向こうに運んどくよ。みんなが戻ってくるまでは土に埋めて、誰も踏まないようにでかい石でも置いとく」

「そうしてくれるか？　じゃあこれで持ってって」

僕は手袋を外して由宇にはめさせ、すでに絶命して動かなくなったツムギハゼを載せた。

「じゃ、よろしくやで」

「ほーい。あとでタイを刺身にしてくれよな」

「任せとけや」

歩き去る由宇に向かって親指を立てると、僕は再び釣り糸を投げた。

「おー、本格的」

五木が手を叩く。

「今日もたくさん釣ってくれてるね。川上さんのおかげで大助かりだよ」

「いやいや、こんなことでお役に立てるんやったらよかったわ。っていうか五木さんこそ……」

「ん？」

僕は釣り竿を構えたままではあるが、できるだけ深く頭を下げた。

「ほんま、おおきに。先発隊を譲ってくれて」

「ああ、あれこそ大したことないよ。僕は川上さんみたいに何も貢献できないからさ」

「いや、釣りなんかより、最高の貢献やと思う。なんていうか、五木さんのあの一声で、みんなめっちゃ安心したんちゃうかな」

「そう？」

「うん。こういう状況でも、自分より他人を優先してくれる人がおるって。五木さんの思いやりに、救われたよ」

「またまた」

「ほんまやって。大げさちゃうよ。こうしてても、めっちゃ安心して一緒におれるわ。他の人は、やっぱり……うーん、なんていうか、ここだけの話、我先にっていう態度が出てしまったわな。あ、僕も含めてやで。だから心からは信頼できへん。見捨てられるんちゃうかって、どうしてもチラついてしまう。まあでも、それはやっぱり僕の中に自己中な部分があるからこそ、他の人もそう見えてしまうんやけど」

「そんなことないって。川上さんの方が、修一くんと莉々子ちゃんに食料を分けてあげようって提案して、優しいよ。なかなか言えないよ」

「だって魚はいくらでも釣ればええんやからさ。でも先発隊になるならないは、そういう次元やないやんか。五木さん、ほんまにええん？」

「いいのいいの。いずれ帰れるのは同じなんだから」

「もし僕が先発隊に選ばれたら、すぐに迎えに帰って来るからな」

「もちろんわかってるって」

五木が安心させるように、僕の肩をぽんぽんと叩いた。

「なんで早よ帰りたいかって言ったらさ……僕、大阪に彼女がおって」

「あれ、そうなんだ。初めて聞くね」

「遠距離やから、いつまで続くかわかれへんし、バーのみんなには話してへんかってん。もし島から戻れたら、会社やめて大阪戻るわ。そんですぐ結婚する。人生、なにが起こるかわからへんって思い知った。だったら一緒におれる時に、彼女と一緒におりたいもん――って、僕も修一くんと莉々子ちゃんのこと笑われへんわな」

「そんなことないよ。待っててくれる人がいるってのは、いいんじゃないか？」

「五木さんはおらんの。ええ人」

「ああ、川上くんは知らなかったっけ。僕、バツイチ」

「あ、そうなんや。ごめん」

「吹っ切ってるから気にしないで。妻の両親と同居してたんだけど、金には汚いし口うるさいし、もうひどくてね。役所でも怒鳴られ、家でも人格を否定されるようなことを言われる。心が壊れたよ」

「モラハラな義理家族やったんか」

「それそれ！　で、毎日ストレスがＭＡＸで、解消するためにサバゲーにはまっていった感じ。

子供のいないうちに別れようって頼み込んで、向こうも僕に冷めてたし、離婚した。別れられてよかったよ」

「そうやったんや。五木さんって、ええ夫タイプやのに。その奥さん見る目ないわぁ」

五木が吹き出した。

「励ましてくれるの。川上くんこそ良い夫タイプだね。釣りもできるしさ」

「釣りなんて、誰でもできるって」

「そうかなあ」

「当たり前やん。今この竿を五木さんが持っても、確実に釣れるよ」

「じゃあ今度僕も挑戦するよ。さて、僕も川上くんみたいに、そろそろ実のあることをしないと」

五木はそう言うと、どこをどうやったのか、背中に背負っていたマシンガンを素早く前に回し、あっという間に構えの姿勢に入った。

「おおー！　かっこええ！！」

やっぱり男子たるもの、マシンガンには心が躍る。

「そう？　ありがとう」

「めっちゃサマになってるよ」

「まあ、ほぼ毎週フィールドで戦ってるからね」

海に向かって構えたまま、五木は照れ臭そうに、だが誇らしげに笑った。

「エアガンの威力ってどれくらいなん？」

「うーん、まあものによるけど、金属の板でも同じところを続けて撃てば穴が開くかな」

「マジ⁉　結構やばいやん」

「これはもっとやばいよ。違法改造してるから」

「え！　いいん？」

「いいわけないよ。今ほど規制が厳しくなる前に、趣味でいじってたんだ。当たり前だけど、これまで一度も撃ったことなかったよ。だけど無人島だったらいいかなって持ってきた。本当は持ち歩くのもダメだけどね」

　堅物公務員だと思っていた五木が、そんな大胆なことをするとは意外だった。けれど確かにバーからこの島まで公共の交通機関を使ったわけではないし、せっかくの無人島で羽目を外したかった気持ちはわかる。むしろ無人島以外、どこで撃てるというのか。

「あれ、じゃあさ、もしかして刀も？」

「正解。実は模造刀じゃなくて真剣なんだ。あ、ちゃんと登録してるよ」

「だけどこんな状態になったら、むしろ違法改造でも威力が強い方がええし、刀もパチモンじゃなくて本物で心強いわ。野生の動物もいるやろし、鳥も飛んでる。やっぱり魚ばっかりやなくて肉も食べたいやん」

「うん。僕も心から良かったと思ってる」

パラ、と軽い音がして、二の腕に痛みが走った。

え？

慌てて痛みを感じた箇所を確認すると、一文字に傷がつき、血が流れている。さっきまで海に向いていた銃口が、いつの間にか至近距離でこちらを向いていた。

「え、な、なにすんの。痛いやん」

五木は黙ったまま、再び引き金を引く。パラララ、と今度は長い音がして、足に激痛が走った。ズボンの布を破り、弾がいくつも肉に食い込んでいる。傷の中に、銀色の弾が埋まっていた。これプラスチックやない――金属製や。

「イタタタ……」

どういうことや？　なんで？

僕は泣きそうになり、あとずさった。五木は僕の立ち位置に合わせて、銃を構え直す。その視線が、ぞっとするくらい冷たかった。逃げたい。だけど足が固まったように動かない。釣り竿も、手が凍りついたように握りしめたまま離せない。

「誰か助けてー！」

声の限り叫ぶが、声の届く範囲には誰もいない。きっと海岸の反対側にも聞こえない。

「遊びはここまで」

五木が舌なめずりをするような笑みを浮かべたのと、やっと僕の足が動いたのは同時だった。釣り竿を放り出し、走った。力の限り。もつれる足を、必死で動かした。

パラララララララ、と音がした瞬間、頭部や背中に激痛が走る。どれだけ走っても痛みは執拗《しつよう》に追ってきて、次第に足の力が抜けてきた。

いつの間にか、目の前に砂があった。倒れたことにすら気がつかなかった。耳が聞こえない。波が寄せては返し、木々もざわめいているのが見えるのに、まるで無声動画を流しているかのように静かだった。さっきまで日差しがきつかったのに、急速に寒くなる。目の前の砂がじんわりと赤く濡れていくたび、体が重くなっていくのが不思議だった。

ああ。

僕の命が砂に移動していってるんや……

手で赤い砂を握ろうとした。

だけど、もう動かせなかった。

4. 五木

うつぶせに倒れた川上は、しばらく砂の上で苦しそうに呻いていた。弾が小さいので即死というわけにはいかなかったようだ。声がかすれていき、じわじわと命のともしびが小さくなっていくのがわかる。その反対に、見下ろしている僕の足下から、熱のようなものが沸き上がってきた。川上から失われた命が、そのまま充電されていくかのようだ。

ついに川上の動きがぴたりと止まる。充電完了。その途端、突き上げるような力が全身を貫いた。血がたぎり、気分は高揚し、全能感にうちふるえる。

「うおおおおおおおおおおおおお！！」

空を仰いで叫び、あふれそうになるパワーを放出させる。そうしないと、本当に噴火してしまうのではないかと思うほど、体中がカッカしていた。これが勝鬨《かちどき》の声か。

「おおおおおおおおおおおおおおおおおおおおお！！」

銃を空に向かって高く掲げ、もう一度叫んだ。

それでもまだまだ体は火照《ほて》っている。すごい勢いでアドレナリンがかけめぐっている。これほどの充実感を得たことは、これまでの人生で一度もなかった。今まで生きてきて、最高に幸せな瞬間だった。

マスターの動画を見た時は、夢じゃないかと思った――殺し合ってもいい、だなんて。

もちろんクルーザーが忽然と消えていて、帰れないかもしれないとなったときには、詰んだ、と絶望した。こんなちっぽけでつまらない島で、誰にも発見されず、ろくな食料も寝床も娯楽もなく一生を終えるのかと。

だけどマスターが動画で、生き残りをかけたゲームをしてほしいと言ったとき、どくんと心臓が跳ねた。信じられなかった。リアルなサバイバルゲーム。しかも賞金が十億円ときた。小さな画面の中のマスターに、後光が差して見えた。

ずっとずっと、無装備の人間に向けて撃ちまくってみたかった。顔でも目でも、狙う場所に制限なく、ぶっぱなしたかった。いくら違法改造して殺傷能力を上げていたって、人間を撃てなくちゃつまらない。それから刀。ついに人間を斬るチャンスがやって来たのだ。

マスターの動画が終わったら即座に刀を抜けるように、腰を落としてぐっと構えた。すぐに殺し合いが始まるに決まっている。

そう思っていたのに――

みんなの反応は、なんとも鈍いものだった。脱出できないだろうかとか、全員で生き残る方法だとか、そんなどうしようもない話をしている。信じられない。道はひとつしかないじゃないか。他人を殺して、自分が生き残るのだ。そうすればボートが迎えに来てくれて本土に戻ることができ、十億円だってもらえるってマスターが言ってるじゃないか。そんなシンプルなルールを、どうして難しく考えるんだ？　不思議だったが、警戒されない方が好都合かもしれない。だから僕も、みんなの生ぬるい話にふんふんと相槌を打った。

とはいえ、十億という賞金は、みんなの心をかなり揺さぶってはいるようだ。その金額を聞いた時、それまでは不安一色だったみんなの表情に微妙な変化が表れたことを僕は見逃さなかった。

もっとも——

僕は十億を付録のようにしか捉えていない。あったら嬉しい。だけどなくてもいい。目当ては本体だから。そう、無人島という絶好のロケーションでの殺し合いという、超豪華な本体。かといって、二人で生き残ってみすみす半分こするつもりはない。真のバトルロワイヤルは、一人が生き残るべきものだからだ。必然的に賞金だって独り占めだ。

真剣の日本刀。これまでは部屋でしか愛《め》でることができなかった。手入れし、磨き、うっとりと眺めるだけ。せめて家の中で振り回したりしたかったが、三十平米の狭くて古いマンションでは無理だった。だから無人島で気兼ねなく振り回せるのが嬉しくて、居合道で習った刀の技を島で何度も実演した。太陽の下で、刃がぎらぎらと輝く。無人島という健康的なアウトドアではミスマッチだったものの、周囲を気にせず技を繰り出せるのは楽しかった。植物くらいならスパッと切れるのではないか、ちょっとくらい試し切りしてみようかという誘惑にかられたが、変な汁がついて刀が錆《さ》びないとも限らないし、刃こぼれも怖い。だから我慢した。そして我慢しておいて本当に良かったと思う——こうしてせっかく人間を斬れる機会を得たのだから。人間が斬れるのなら、いくら刃こぼれしたってかまわない。ああ、人肉に刃が収まるとき、どんな感触がするだろう。

　川上の死体を見ていると、腹など柔らかそうな部分を切ってみたくてうずうずする。だけどここで刃を傷めては元も子もない。もう少しの我慢だ。もう少しで、生きている人間を斬ることができるんだから。

　うつぶせになった死体のかたわらにしゃがみこみ、じっくりと観察する。首筋に命中した弾がめり込み、そこから血が流れていた。それから背中。釣りベストに開いたいくつもの穴と、そこから広がる血のしみ。ああ、僕が撃ったんだ。僕が撃ったから、こいつは死んだんだ。いつもは何千発撃ったって敵の体からパラパラと蛍光オレンジのＢＢ弾が落ちるだけ。自然分解される素材でできたバイオＢＢ弾。つまらない、生易しい、軽い感触。

だけど今日は違った。撃ったら、体に吸い込まれた。めりこんだ。初めての手応え、重みのある感触。昔、本物の銃を撃った時と同じだった。

　そう、僕は本物の拳銃を撃ったことがある。アメリカで。射撃場へ行くことだけが目的の旅行だった。ロスアンゼルス空港から車で十五分ほどのところにあるシューティング・レンジには、現地のアメリカ人もいれば、日本やさまざまな国からの観光客もいた。

受付カウンターの背後には鍵のかかったガラスケースがあり、そこにたくさんの銃が陳列してあった。好きな銃を選び、金を払い、カウンターからほんの数歩の場所にある射撃エリアへ行く。一メートルごとに番号が振られた長さ数メートルのカウンターがあり、自分に割り当てられた場所へ行く。隣りとは仕切りもなく、撃とうと思えば簡単に隣人を撃てるし、くるりと振り向いて付き添いやスタッフなども撃てる。銃を撃つということが、アメリカではこんなにもカジュアルで無防備なのかと驚きつつ、生きた人間を撃ちたくて撃ちたくてたまらない衝動と闘っていたのだった。

だけど今日から我慢しなくてもいい。むしろその衝動こそが強みになる。まるで僕のためにしつらえられたかのような、趣味と実益をかねたこのゲーム。興奮しかない。勝負をなげている奴は、バカだ。どうしてこんなに近視眼なのか。どうしてもっと大きな画《え》を見られないのか。どうしてこいつらが迷っているのかわからない。川上君っぽく言えば、「こいつら、あほちゃうか。とっととみなごろしにしてもうたらええのに」だ。

こんなに最高なディールがあるだろうか。殺して、殺して、殺して、おうちに帰るだけで十億だよ?

みんなにも貪欲にバトルロワイヤルに参加してもらわないとつまらない。参加させるには文字通りハングリーにさせるのが一番で、だから真っ先に食料係の川上君を殺した。危機的状況でぎりぎりの戦いを繰り広げることこそ、バトルロワイヤルの醍醐味《だいごみ》なのだから。

「てってれー。五木は、釣り竿とナイフと酒を手に入れた」

川上のベルトについていた万能ナイフを取り、釣り場に戻って釣り竿と酒のボトルを拾った。ロールプレイングゲームでいえば、経験値、装備、武器、どれをとっても僕は間違いなく最強キャラだろう。いつも役所で縮こまって、びくびくしながら生きてきた自分が、他人の生殺与《せいさつよ》奪《だつ》の権を握っている。これ以上の快感なんてあるだろうか。

ああ、マスター、史上最高のサバゲーフィールドを与えてくれて本当にありがとう。

期待にこたえられるように、殺して、殺して、殺しまくります。

5. 吉田

さっき南中していた太陽が、少し西に下りている。午後一時ごろだろうか。四つん這いの姿勢から立ち上がり、無理な姿勢のせいで固まっていた腰を叩いた。

僕は寝床にふさわしい場所を探して整える係だった。ちょうど大木の根っこあたりに、広く深くえぐれた穴があった。二、三人なら寝転べそうだったので、草や葉っぱをしきつめた。近くにも同じような穴を見つけ、寝床を作る。これで自分たちのグループ全員が体を休めることができるだろう。

他にも、もっと土が柔らかそうだったり、広かったり、良さそうな場所はあった。しかしヤシの木が近く、実が落ちてきたら危ないので避けなくてはならなかった。

穴の中にいると、複雑に絡まり合っている根っこを見られる。長い間理科を教えてきたが、むきだしの木の根をこんな風に目の当たりにし、触ったことはない。緊急事態にもかかわらず、ついまじまじと観察してしまい、こんなことをしてる場合じゃない、と穴からよじ登った。

暑かった。風は強めだが、とにかく日差しがきつい。ウェットスーツはとっくに脱いで、ダイビング用のインナーパンツとシャツだけになっている。

「吉田さーん、いいものがありましたよ」

天野医師が、片方の腕で小枝を抱え、もう片方の手で大きな葉っぱを傘のようにさしてやってきた。常連の中では最年長なのだが、なぜだか誰に対してもいつも敬語で、上品で柔らかい物腰だ。葉っぱの傘という非日常的なものも、どこか浮世離れした彼には違和感がない。

「ほら、トトロの傘みたいでしょ。日よけにいいんじゃないかと思って」

天野医師が直径五十センチはありそうな葉っぱを、僕に手渡す。茎の手触りは、フキのような感じだった。

「ああ、これ、本当にトトロの傘だよ」

「え！　実在するんですか？」

天野医師が目を丸くしたのがおかしくて、思わず笑った。

「夢を壊して悪いけど、ただの里芋なんだよね」

「里芋……知りませんでした。てっきり架空の植物だとばかり」

心なしかしょんぼりしているのが、またおかしい。

「この、茎のところは『ずいき』。食ったことあるでしょ？」

「あります。煮物でいただきましたが、美味しかったです。ずいきは里芋の茎だったんですね――あ、ということは、これは食べられるということですか」

「うん。貴重な食料にもなるね。ドクター天野、グッジョブじゃん」

「よかったです。枝を探していたら、たくさん自生しているところを見つけて。まさか食べられるとは。あ、じゃあ掘れば里芋も――」

「いや、それが収穫は秋なんだよね。今は無理だと思う」

「そうですか、残念ですねえ」

「ずいきだけでも十分だよ。野菜は大事。どの辺にあった？」

「あっちの方です」天野医師は今自分が来た方角を指さした。「奥へ行けばわっさわさ生えてますよ」

「寝床の屋根代わりにもなるな。早速行ってみる」

「よかったら、もっと採ってきましょうか」

「いや、自分で行く。天野さんは枝を集める係でしょ。とりあえずありがと」

「どういたしまして。では」

天野医師は再び小枝拾いに戻っていった。僕は天野に教わった方角へ行く。しばらく進むと、辺り一面、里芋の葉っぱだらけの場所が見つかった。根元から茎を捻っていく。筋があってなかなか手折りづらく、ナイフを借りてくればよかったなあと思う。

いや――

このメンバーで協力することになってはいるが、さすがに凶器になりそうなナイフの貸し借りは難しいか。やはり心のどこかで、互いに信用しきれていないのを感じる。僕のアイテムはシュノーケリングマスクとフィンとローストビーフ。フィンとローストビーフというアイテムは多少は魅力的だろうが、消費してしまえば、僕にはなんの強みもない。せいぜい理科の知識があるが、実際の無人島生活で果たしてどこまで役に立つのかわからない。それでも、今自分にできることを粛々と続けるだけだ。

茎を抱えられるだけ、たくさん手折っていく。どの葉も立派で青々としている。里芋は高温多湿を好み、水をたっぷりやらないと枯れてしまう。野生で枯れもせず育っているということは、この島には雨が多いということだ。青いヤシの実が収穫しづらくても飲み水には困らなそうだ――と、そこまで考えて、やはり理科の知識は現実でも大いに役立ってるじゃないか、と心を強くする。ただ、それはそれで複雑な気持ちだ。これまで生徒たちには「理科は生活の役に立つから」と伝えてモチベーションを上げてきたが、実際に知識を駆使しなくては生きられない状況に陥ると、理科など役に立たない日々の方が幸せなのかもしれない、と思う。

あーあ。夏期講習、どうなんのかなあ。

今回は塾から一週間の有給を取って来た。戻ったらすぐに夏期講習の準備に取り掛かる予定だった。しかしこの分では、教壇に戻れるかどうかあやしい。そもそも夏期講習の心配などしている場合ではない。それでもつい考えてしまうのは、ある種の現実逃避、心理的な防衛本能なのかもしれなかった。

落ち着け。大丈夫だ。絶対に本土に戻れる――何度も自分に言い聞かせる。

まず、食料と飲料が確保できたのは大きい。病気や事故にさえ気をつければ、生き延びられることは確実と言ってもいい。それに、アウトドアに詳しい末広、食料の調達役である川上、もし野生動物が出てきてもサバゲーのノリでやっつけてくれそうな五木、死体のフェイク方法を知っている天野医師がいる。彼らの存在が、全員で生きて戻れる確率を大幅に上げている。

天野医師は、怪しまれないために三週間ほどここで暮らした方がいいと言っていた。三週間。大丈夫、耐えられない期間じゃない。頑張るんだ。無事に帰って、いつものように黒板の前に立つ自分を一生懸命イメージした。

「生きる。帰る。生きる。帰る」

まじないのようにひとりごちながら、収穫した葉っぱを腕いっぱいに抱えて寝床に戻った。寝床は木の根っこの下になるので、絡まり合った根と根の間に、茎を挿し込んでいけば、ちょうど葉っぱが屋根の代わりになる。全面積をカバーできないものの、ないよりはましだろう。小雨くらいなら何とかなりそうだ。

　余った葉っぱをいくつか抱え、ウェットスーツを腰にくくりつけて、もといた砂浜へ向かう。全ての作業が木陰でできるとは限らないから、日傘代わりに役に立つだろう。ついでに目についた小枝を拾いながら、砂浜へ出た。

　ちょうど僕が出てきたところの右手に、天野医師が仮置きしたであろう枝が積み上げてあった。そして左側、ずっとずっと離れたところに修一と莉々子がいた。意図したわけではないだろうが、なんだか二人が僕たちのグループに気兼ねして、砂浜の隅で小さくなっている気がして少し可哀そうになった。周囲を見回すと、末広は見当たらない。今なら大丈夫だろうと、僕は修一と莉々子に近づいていった。

　距離が近くなるにつれて、どうやら修一が火を起こそうと木をこすっているのが見えてきた。莉々子はその傍らに置かれたエアマットレスに座り、もしゃもしゃと肉を口に運んでいる。マットレスの上にはオレンジの皮が転がっていた。よかった。とりあえず二人が干からびることはなさそうだ。

「あ、吉田さん」

莉々子の方が、先に気づいた。汗だくになった修一も顔をあげて僕を認める。

「いいんですか、あたしたちに近づいて」

莉々子の言葉には棘《とげ》があった。さっき号泣していた時は顔中ぐちゃぐちゃだったのに、驚いたことにきちんとメイクが直されている。莉々子は弱いのか、それとも図太いのか。

「どうしてるか、ちょっと気になって。あ、これよかったら使って。ひよけになるし、茎は食べられるから」

僕は里芋の葉っぱを、何本か砂の上に置いた。

「ふうーん、それはどうも。あ、火起こし、修ちゃんだけにやらせて、あたしだけ何もしてないわけじゃないですよ。ちゃんと交代でやってます」

ちらりと莉々子のネイルを見る。まだまだきれいだった。交代といっても、ほとんど修一がやっているのだろう。

「あたし、オレンジも見つけたんだから。修ちゃんが脱水症状起こさないように、剝いては口に放り込んであげてたんですよ。だって誰も助けてくれないから。ココナッツの実もあったけど、あたしたちにはナイフがないから飲めないし」

それに関してはこちらにも罪悪感がある。どう答えていいかわからず、ごまかすように修一のそばにしゃがみこんだ。手元を見る。大きめの枯れ木に、小さな枝を垂直に立てて両手でくるくる回している。煙すら出ていない状態だった。

「ちっちゃいカニが、たくさんいたんです。貝もありました」

修一が汗を滴《したた》らせ、木をこすり合わせながら言った。

「だけど火を入れないと、やっぱり不安だから。こんなところで食中毒とか命取りだし」

「うん、うん、そうだよな」

気の毒になり、こっそりファイヤースターターつきのナイフを借りてきてやろうかと思ったが、ばれたら話がややこしくなりそうなのでやめた。この極限状態で、しかも大したアイテムを持っていない自分が今のグループともめることは死を意味する。

末広は、このふたりが命にかかわるような致命的なことをすると言うが、正直大げさだと思っていた。だからとりあえずあの場では同意しておき、こっそり手を貸すつもりでいた。

僕だって生き残りたい。だけど見捨てるのは、人としてやってはいけないと思う。塾では学校と違って、道徳的なことは教えない。勉強さえできればいい場所だ。だけどやっぱり、それだけじゃないと個人的に思う。だから授業中でも時々脱線して、なぜいじめがいけないかを話すことがあった。まあそれが保護者たちの耳に入り、そんなことのために授業料を払っているんじゃない、と激怒されたわけだが。

とにかく僕はイヤな人間になりたくない。自分が生き残るために二人を見捨てたくなかった。

とりあえず喫緊《きっきん》で彼らに必要なのは火起こしだ。二人が持っているアイテムは、チャーシュー、エアマットレス、日焼け止め、メイクパレット。さすがに火起こしに役に立ちそうなものはない。仕方がない、ナイフを借りてきてやろう。由宇なら説得すればこっそり貸してくれるかもしれない——踵《きびす》を返しかけた時、はっとひらめいた。

「莉々子ちゃん、メイクのセット貸してくれる？」

　不思議そうに首をかしげる莉々子から手渡されたのは、弁当箱のようなボックスだった。ふたをあけると、モザイクのようにアイシャドーやチークが敷き詰められたパレットがある。

「これ、開けられるの」

　莉々子がパレットを真ん中から押し開く。と、その下には口紅やマスカラ、アイライナー、シャープナーが収められていた。

「バタフライ・パレットっていうのよ。それから、ほら、ここも開くんだから」

　パレットの下は二段の引き出しになっていて、メイクブラシ、ファンデーション、リップグロス、きらきらする粉などがはめこまれている。長方形のボックスから展開された姿は、変形ロボットのようだった。

「中身はランダムに選んだわけじゃないの。ちゃんとシャドーの色と口紅の色を合わせて——」

　自慢げに口を開いた莉々子を、慌てて遮る。

「莉々子ちゃん、ほら、ふたの裏に鏡があるよね？　大きめでちょうどいい。これで太陽の光を集めるんだ。今日は風が強いから、まず穴を掘ろう」

深めに穴を掘り、その上に枯れ草と小枝を重ねた。メイクボックスを莉々子に持たせ、枯れ草の中心に太陽の光が集まるよう、鏡の角度を調整する。

「そうそう、上手。こうやって鏡が反射して一点に光が集まることを、収れん現象っていうんだよ」

つい口調が教壇でのそれになってしまう。少しすると草から煙が上がり始めた。

「おお」「わあ」

修一と莉々子が目を輝かせる。

「空気を送りこむといい。息を吹きかけてみて」

莉々子は口をすぼめ、ふうー、ふうーと吹く。枯れ草に火がつき、さらに吹くと細い枝に燃え移った。歓声が上がる。

「これでもう大丈夫。絶やさないように、頃合いを見て木を足していってね」

「吉田さん……どうもありがとう」

莉々子がぴょこんと頭を下げる。もう棘々しさは消えていた。

「これ、理科の実験でやったよね。なのに肝心な時に思いつかないんだな」

修一が情けない表情で頭を掻く。

「いやいや、そういうもんだよ」

「あたしのメイク道具、役に立ったじゃない。だーれ、あたしたちのアイテム、どれも不要だなんて言ったの」

火を起こすという一大イベントをなしとげたからか、莉々子は上機嫌だ。どんどん小枝をくべ、順調に火を大きく育てている。

「あ、でも鏡が割れちゃったらどうしよう。鏡以外でも、収れん現象って起こせるの？」

「そうだね。ペットボトルも流れ着いてるだろうし、それに水をためればレンズ代わりになるかな。あとは……そうそう、アルミ缶の底。丸くへこんでるだろ？　ぴかぴかに磨けば、凹レンズ代わりに使えるよ」

「すごいわ、吉田さん」

「ほんとすごい。吉田さんがいなかったら、僕ら、やばかったね」

修一が言ってから、ふと深刻な表情になる。

「吉田さんは……戻れると思う？」

どこへ、とは言わなかった。だけどもちろん、僕にはわかっている。

「うーん、五分五分ってかんじかな」

「五分五分ならいい方だよね。なんだか僕は、戻れない可能性が大きい気がする」

よりどころであるべきパートナーが、莉々子ちゃんではそうだろう。残念ながら、助け合うどころか、足手まといになる可能性が高い。

「そんな弱気になるなよ。修一君だって最初に言ってたじゃないか。みんなで帰る方法を探そうって。きっと帰れるよ」

死体を偽装してマスターをだまし、先発隊として二人だけが帰る計画を話そうかと思ったが、今はやめておいた。

「修ちゃあーん。火を起こしたら喉が渇いちゃった。オレンジとってきてぇ」

莉々子が甘えたように体をくねらせる。

「わかった。とって来るよ。ちょっと待ってて」

修一が額の汗をぬぐい、森へと歩いていった。ふと反対側を見やると、いつの間にか戻っていた末広が、遠くからこちらを睨《にら》みつけている。やばい。慌てて立ち上がる。

「じゃあ、僕はそろそろ戻らないと」

炎はすでに風では消えないほど安定して燃えていた。

「はあーい。吉田さん、どうもありがとう」

手を振る莉々子に背を向け、里芋の葉っぱを抱えて末広の方へ走る。僕だけグループから追い出されたらどうしよう。いや、もしも末広が一人で抜けると言い出したら、僕の責任になるぞ。いやいや、でも火をつける手伝いくらいは許されるだろう。さすがにそんなことくらいでみんなを危機にさらす恐れなんてないし、と思い直す。

「ごめん、末広君」

まだ数メートルは離れていたが、大きく手を振りながら、まず大声で謝った。末広がカッと目を見開き、ものすごい形相《ぎょうそう》になる。

「いや本当にごめん。もうしない――」

「危ない！」

　末広が血相を変えて、こちらに向かってくる。そのまま僕とすれ違い、砂を巻き上げながらどんどん走っていった。わけが分からず振り向くと、燃え上がる炎が目に飛び込んでくる。

　なんだあれ。

　さっき起こした焚き火からだけでなく、炎は付近に生える雑草や低木から上がっていた。あちこちから上がる火の手から離れたところで、莉々子がおろおろしている。

　里芋の葉っぱを放り出し、僕も慌てて追いかけていった。末広がジャンパーを脱いで、思い切り火を叩き始める。僕も急いでウェットスーツをほどき、同じように火を消し止めようとした。小さめの火は幸いそれで消えたが、大きな火はなかなか消えなかった。騒ぎに気付いた修一も戻ってきて、三人がかりで衣服や里芋の葉っぱで火を叩く。自分にも燃え移りそうになりながらも叩き続け、やっと弱まったと思ったら強い風が吹き、舞い上がった火の粉が森の方へ飛んでいった。

「森に燃え移ったら大火事になる！」

　末広が悲鳴のように叫び、僕たちは慌てて追いかけ、落ちたところに必死で砂をかけた。それでも追いかけきれなかった火の粉があちこちに落ちる。煙が立ち上り始めた時、末広がその上に転がって消し止めた。

僕と修一も、火の粉の上にローラーのように転がり、全身を使って消す。やっとボヤが消えた時には、悲惨なことに髪は焦《こ》げ、服には穴が開き、顔も体も煤《すす》だらけになっていた。

「何やってんスか！」

末広が莉々子を怒鳴りつける。莉々子はエアマットレスとメイクボックスを両手に抱え、いつの間にか自分だけ木陰に避難していた。

「ごめんなさい……」

さすがに申し訳なさそうに、肩を落とす。

「でも、勝手に火があちこちに燃え移ったの。あたしが何かしたわけじゃないの」

「勝手にって……」末広が心底呆れたように、大きなため息をつく。「あのねえ、修一さんがいない間、なんで火を見てなかったんスか！　火から離れちゃいけないって、常識でしょ！」

「だって火の近くは熱かったんだもん。日差しもこんなに強いのに死んじゃうって思って。だから……」

「もし森に火の粉が飛んだら大規模な火災になってたんスよ！　一度燃え広がったら森林火災は手を付けられない。何日も燃えて、それこそ食べ物も飲み物も手に入らなくなる」

末広の剣幕に、莉々子の隣で修一も肩を落としている。修一は消火に体を張ってくれたが、そもそもは自分の婚約者のミスだ。

「はあ……もういいっス」

末広はため息をつき、踵を返す。僕も慌てて後を追った。

「これでわかったでしょ、吉田さん」

歩きながら末広が言った。

「あの二人と関わるだけで、危険にさらされるんです。今だって下手したら死んでましたよ」

「……うん」

もう異論はなかった。末広は正しかった。

よかれと思って教えたのに、こんな災難を招いてしまうなんて。確かに二人からは離れておいた方がよさそうだ。二度と関わらないと決意する。

僕はすっかり肩を落とし、すごすごと自分たちのエリアに戻った。

自分たちのエリアに戻るとすぐ、天野医師が二宮金次郎のように、焚き木を背負って戻ってきた。

「どうしたんですか？」

僕と末広が砂と煤だらけなので、驚いている。

「いや、なんでもないス」末広はボヤ騒ぎについては触れず、「天野さん、焚き木めっちゃ集めてくれたんスね」と話題を変えてくれた。文句を言われても仕方のない僕の軽率な行動だったが、末広は責めなかったし、僕を追放もせず、自分ひとりで行動する、とも言い出さない。心の中で、末広の対応に感謝した。

「色んなものが流れ着いているところを見つけましてね、そこでロープを見つけたんです。背中にくくりつけたら、たくさん運べるんではかどりましたよ。他にも金だらいとか、使えそうなものがありました。ちょっと大きかったんで持ってこれませんでしたが、またあとで行ってきますよ」

　天野医師は背中から焚き木を下ろすと、末広が軽く砂を掘ったところに放射状に置いていく。ある程度整うと、末広はナイフの柄の尻からファイヤースターターである細長い棒を抜き、ナイフの刃とこすり合わせる。すると火の粉が木くずに落ち、ゆっくりと火が上がった。ふうふうと息を吹きかけ、大きく育てていく。

「この棒はマグネシウム？」

「いえ、フェロセリウムっす」

「ああ、なるほどね」

　僕が頷く隣で、天野医師が「聞いたことのない金属ですね。セリウムなら元素記号Ｃｅって覚えてますけど」と首をかしげる。

「鉄とセリウムの合金だよ。ライターにも使われてる。マグネシウムの火花だと二千度くらいなんだけど、フェロセリウムだと三千度なんで、着火しやすいんだ」

「さすが吉田さん、本当にいろんなことをよくご存じですねえ」

火が安定してきたので、囲むように腰を落ち着ける。そこへ「おお！　ちょうど良かった！」と由宇が走ってきた。

「川上さんから、これもらってきたんだ。焼いて食べといてって」

手袋をはめた両手には、魚がのせられていた。

「本格的な手袋だね。こんなの持ってたっけ」

「川上さんに借りたんだ。魚用のグローブだって」

「そんなの要るの？」

「ヒレとか鋭くて危ないみたい」

「ああなるほど」

全長二十センチはあるだろうか。なかなか立派な魚だ。

「これは……ハゼかな？」

その言葉に、なぜだか由宇はぎくりとしたように僕を見た。

「え、なに？　違った？」

「いや、ハゼだよ。よくわかるなと思ってビビっただけ」

「いや、詳しく知ってるわけじゃないよ。だいたいの特徴を覚えてるだけ。ハゼって二千以上も種類があるんだ。プロでも見分けが難しいからざっくりとしかわかんないよ」

「あはは、そうだよね。さ、焼こう焼こう——って、どうすればいいのかな」

「まず下処理しないとダメっすよ。貸してください。やるんで」

「いやいや、素手はダメだよ」

手を伸ばした末広の手から、由宇は慌てて魚を遠ざけた。

「俺がやるから教えて」

「そうっスか？　じゃあまずウロコを取らないと。平たい石の上に置いて、ナイフを尻尾から頭に向かって動かして……そうそう。それから腹にタテに切りこみ入れて内臓をかき出して下さい。次は串に刺しましょう」

末広が枝を手渡す。

「枝を口から入れて、エラ辺りでいったん出して、また腹に刺してください。Ｓ字形になるように……そうっス。で、火から少し離した砂にぶっ刺せばいけます」

「よく炉端焼きで見るスタイルだ。雰囲気あるね。あ、みんな、ほんと触らないでよ。危ないから」

由宇がしつこく念を押しながら手袋を外す。

「どれくらいで焼きあがるんですかね」

天野医師は興味津々だ。

「この焼き方だと、けっこうかかるんスよね。まあのんびり待ちましょう」

「これ映えるなあ」

由宇がビデオカメラをポケットから出し、焚き火、火にあぶられる魚、そして僕たちひとりひとりを撮りだした。

「あれ、撮影復活したの？」

「うん。絶対に生きて戻って配信してやろうって」

「いいですね、その前向きな気持ち。心強いです」

天野医師が珍しく、こぶしをにぎり親指を立てる。

「そうだよ。必ず全員で戻ろう」

僕も親指を立てると、末広も続いた。

「なんとかマスターを出し抜きたいっス。時間がたつにつれて、だんだん腹が立ってきたんスよね。だから全員で戻りつつ、十億もせしめてやりたい」

「そこをどうするかなんだよね。先発隊が戻って警察に駆けこめば、島の位置を聞き出してもらえるから残りのメンバーを迎えに来られるけど、賞金は無効になる。てことは、なんとか自力で場所を特定して、クルーザーを借りて迎えに来られればいいんだよなあ。で、救助にかかった経費を差し引いて、残りを平等に八人で分ける」

僕の言葉に、由宇が難しそうな顔で腕組みする。

「そりゃ、それができたら最高だけどさあ、場所なんてわかるはずねーじゃん。吉田さん、それこそ太陽とか星の位置でわかんねーの?」

「天測ってこと? 残念ながら無理。正確な緯度経度を知るには六分儀とか道具が必要なんだから」

「じゃあ自力でなんて完ペキ無理ゲーじゃん」

「いや、だからあくまでも理想で――」

「実はわたし、いろいろ考えてたんですが」

天野医師がおずおずと手を挙げる。

「三日後は夏至なんですね。その日の正午に真上に太陽が来れば、この島は北回帰線上にあることになります。もし真上からずれていたにしても、その方向によって北回帰線をはさんでどちら側かわかる」

「そんなざっくりした位置がわかったってしょーがねえじゃんかよ」

由宇が口をとがらせる。

「まあまあ、由宇君。本土からクルーザーで六時間ってことはどのみち日本国内なんだろうしさ」吉田がなだめる。「とはいえ、確かにざっくりではある。天野先生、その先のアイデアはあるんですか?」

「ええ、マスターは衛星画像のサービスを使うと言ってましたよね。であれば我々も戻ってから同じサービスを使って、目星をつけたエリアの写真をオーダーするんです。少しずつ位置をずらした写真を何枚もね。そのなかのどれかには、必ずこの島が写るはずです。時間もお金もかかるでしょうが、不可能ではありません」

「おお、それいいっスね！」

末広が目を輝かせて身を乗り出す。

「だったらもう何の問題もないっスよ。マスターに一泡吹かせてやりましょう。やっぱりみんなで知恵を持ち寄れば、解決策は見つかるもんスね。生きて帰って、十億円も山分けして、マスターを刑務所にぶち込んでやりましょう」

「いや、だからぶちこみたければ、賞金は諦めないといけないわけでしょ。警察を介して返金されちゃうんじゃない？」

「吉田さんは真面目だなあ。マスターからは現金でもらうんスよ。もらってから誘拐と監禁で訴えて、『え？　賞金なんて知りません、マスターの作り話じゃないですか』ってすっとぼければいいんスよ」

「おー、なるほど。いいねいいね。救助に一億かかったとしても、ひとり一億千二百五十万かぁ。夢が膨らむなあ」

思わずガッツポーズをする僕に由宇がカメラを向け、芝居がかった口調で言う。

「それではおひとりずつ、一億千二百五十万円の使い道をお聞きしたいと思いまーす。ではまず吉田さんから。どうお使いになるご予定ですか？」

「うーん、そうだなあ。僕さ、高齢の母親がいるんだよね」

「おいくつですか」

「七十五。僕、遅い子だったから」

「そうなんですね」

「で、認知症で施設に入ってて。本当は自分の家が一番じゃん？　だけど僕も面倒を見てあげられないから、仕方なく。だけど一億あれば、看護師を住み込みで雇って、僕と暮らせる。家もバリアフリーに改築したいな」

「吉田さんは親孝行ですねー。ではドクター天野は？」

「わたしは、自分で開業したいですねえ」

「おお！　やはり勤務医とは違うんでしょうか」

「勤務医は安定してますけど、やはり開業すれば一国一城の主《あるじ》ですから。それに一億以上あれば、借金せずに機器も揃えられます。ローンゼロで開業できるのは心強いですよ」

「ほー、なるほど。では末広君は？」

　ふと見れば、いつの間にか末広がナイフで木を削ってなにやら作っている。

「自分は……なんだろ、キャンプ場を開きたいスね」

　しゅ、しゅ、と木を削る手を止めず、末広が答えた。

「それはそれは、末広君らしいですねー」

「ペット連れもＯＫで、ドッグランも作って……アスレチックも作りたいっス」

「ドッグランにアスレチック、夢は広がりますねー」

「由宇君はどうなんスか」

「あー俺？　俺は、そうだなあ」由宇はカメラをセルフィーモードにし、口調も普通に戻した。

「最高の機材を揃えたいね。カメラに編集機材にライトにマイクに……あ、ドローンも欲しい。防音スタジオも作りたいな。海外ロケもどんどん行きたいね」

　由宇は生き生きと語る。しばらくこの話題でわいわい盛り上がっているうちに、魚の焼ける香ばしい匂いがしてきた。急に腹が減る。

「もう食えると思いますよ」

　末広が砂から串を取り、僕が取って来た里芋の葉っぱの上に置いた。

「あ、触ったら危ないから、串からは俺が外すよ」

　由宇が手袋をつけようとするのを「大丈夫」と末広が遮り、削りたての木を二本使って、串から魚を外した。

「おお、何を作ってるのかと思ったら、箸《はし》を作ってくれてたんですね」

「そっス。みんなの分もありますよ」

「頼りになるなあ」

「さあ食いましょ――あっ」

葉っぱの皿の上で身をほぐしていた末広が手を止める。

「うさぎだ。狩ってきます。先に食っててください」

ナイフを持って素早く立ち上がり、かけ出していった。

「たくましいですねえ、末広君は。じゃあお言葉に甘えて先にいただきましょうか。冷めないうちに」

天野医師が箸を手に取る。

「あ、良かったら二人で食っちゃってください。俺、魚、苦手なんで」

由宇が葉っぱを天野医師と僕の方へ寄せてきた。

「あれ、そうだっけ」

マスターの店のつまみで食べていた気がするが。

「じゃあわたしと吉田君で半分こしましょう」

天野医師が魚の身をはふはふと頬張る。

「おお、これはこれは。直火であぶった魚は格別ですねえ」

確かに、ものすごくうまそうだ。余計な脂は落ち、皮がこんがりと焼けている。よっぽど腹が減っていたのか、あっという間に天野医師が大半を食べていた。半分こ、どころじゃない。このままじゃあ僕の分まで食われちまうぞ。

僕も慌てて箸に手を伸ばした時だった。

「大変だ！」

血相を変えて、末広が森の中から転がり出てくる。バトルロワイヤルを命じられてからでも冷静でいた彼が、さきほどのボヤ騒ぎの時より動揺している。

「どうしたんですか、末広君」

「か、か、川上さんが……死んでる」

みんなが息をのんだ。一瞬全てが静止した後、一斉に立ち上がる。

「どこ⁉」「嘘だろ！」

口々に言いながら、末広について走る。張り出した砂浜の逆側——僕たちの場所からは死角になっていた——に回り込むと、人が倒れているのが見えた。砂が白い分、遠目でも赤く染まっているのがわかる。

「川上さん！」

天野医師が素早く駆け寄り、しゃがみこむ。うつぶせになった川上の首筋に手を当て、脈を取り、呼吸を確認し——首を横に振った。

「ちょ、ちょ、ちょ、なんだよこれ！　誰だよ、川上さんを殺したの。冗談じゃねえよ、食料どーすんだよっ。川上さんを殺すのは最後の最後だろーがよっ」

由宇が激高している。が、憤る理屈が少しおかしい。それだけ彼も混乱しているのだろう。僕だって頭が真っ白だった。

いや、そもそも川上さんは殺されたのか？　誰に？　なぜ？　僕たちに、殺し合うという選択肢はなかったはずだ。事故に決まってる。高いところから落ちたとか。溺れたとか。周りに上るところもなく、溺死で血が流れるはずがないのに、僕の脳は殺人を否定していた。

「小さな弾で撃たれたような痕があります」

天野医師が険しい表情で言った。

「弾……？　ってことは」

——五木さんが？

喉まで出かかった名前を、押しとどめる。

いやいや、ありえない。あの人は自分よりも他人を優先していた。ということは、先に川上さんが五木さんを襲ったのか？　そして反撃しようとして、こうなった？　だけどあの明るい関西人ラガーマンが五木さんを殺そうとしたことも想像できなかった。なにか不幸な誤解があったんじゃないか。でないと、こんなこと起こりえない。

そういえば釣り竿がなくなっている。ベルトに魚をさばける万能ナイフをつけていたはずだが、それもない。持ってきていたはずの鬼ころしも。川上さんのアイテムは三つとも消えていた。もしかして——盗《と》られた？　あの五木さんに？　考えにくかった。

「天野さん、とりあえずご遺体を運びま——」

言いかけた時、天野医師の異変に気がついた。顔から血の気が引き、目が見開かれ、ぶるぶる震えている。それほどショックだったのだろうか。

「天野さん……？」

天野医師が、しゃがんだ姿勢から、くずれるように砂に倒れこむ。全身をはげしく痙攣《けいれん》させたかと思うと、大量に嘔吐した。

「どうしたんスか⁉」

末広が駆け寄る。由宇はカメラを止めることを思いつかないのか、ずっと苦しむ天野医師を撮り続けている。それを咎《とが》める間もなく、天野医師は動かなくなった。

「わはははははは！」

狂気じみた笑い声が空に響いた。どこまでも突き抜けるような、青い美しい空に不似合いな、不気味な笑い声。顔をあげると、銃を肩に担ぎ、手に刀をぎらつかせた五木が仁王立ちになっていた。

「いいねえ！　誰かもおっぱじめやがったか！　いよいよバトルロワイヤル本格始動だ。わはははは」

五木の目は血走り、まるで耳まで口が裂けているかのように大口を開け、けたたましい笑い声をあげていた。文字通り頭に血がのぼっているのか、顔も真っ赤だった。鬼ヶ島の鬼は、このような狂気と殺気をみなぎらせた人間をモデルにして創りあげられたんじゃないかと思うほど恐ろしく、おぞましかった。

郵便はがき

料金受取人払郵便

牛込局承認

5517

差出有効期間
2025年6月
2日まで

162−8790

新宿区東五軒町3−28

㈱双葉社

文芸出版部 行

ご住所	〒		
お名前	（フリガナ）	☎	
		男・女・無回答	歳
メールアドレス			

小説推理

双葉社の月刊エンターテインメント小説誌！

ミステリーのみならず、様々なジャンルの小説、読み物をお届けしています。小社に直接年間購読を申し込まれますと、1冊分をサービスして、12ヶ月分の購読料（10,390円/うち1冊は特大号）で13ヶ月分の「小説推理」をお届けします。特大号は年間2冊以上になることがございますが、2冊目以降の定価値上げ分及び毎号の送料は小社が負担します。ぜひ、お申し込みください。(問)(TEL)03-5261-4818

ご購読ありがとうございます。下記の項目についてお答えください。ご記入いただきましたアンケートの内容は、よりよい本づくりの参考とさせていただきます。その他の目的では使用いたしません。また第三者には開示いたしませんので、ご協力をお願いいたします。

書名（　　　　　　　　　　　　　　　　　　　　　　）

●本書をお読みになってのご意見・ご感想をお書き下さい。

※お書き頂いたご意見･ご感想を本書の帯、広告等（文庫化の時を含む）に掲載してもよろしいですか?

1. はい　　2. いいえ　　3. 事前に連絡してほしい　　4. 名前を掲載しなければよい

●ご購入の動機は？

1. 著者の作品が好きなので　　2. タイトルにひかれて　　3. 装丁にひかれて
4. 帯にひかれて　　5. 書評・紹介記事を読んで　　6. 作品のテーマに興味があったので
7.「小説推理」の連載を読んでいたので　　8. 新聞・雑誌広告（　　　　　　　　）

●本書の定価についてどう思いますか？

1. 高い　　2. 安い　　3. 妥当

●好きな作家を挙げてください。

（　　　　　　　　　　　　　　　　　　　　　　）

●最近読んで特に面白かった本のタイトルをお書き下さい。

（　　　　　　　　　　　　　　　　　　　　　　）

●定期購読新聞および定期購読雑誌をお教えください。

（　　　　　　　　　　　　　　　　　　　　　　）

地獄だ。

ここは地獄だ——

気がつくと、五木の銃口がこちらに向いている。僕はとっさに両手を上げた。ホールドアップ。降参。抵抗しない。だから撃たないでくれ——

さまざまな命乞いの言葉が頭に浮かんだが、言葉にならなかった。五木の指が引き金にかかり、カチッと音がする。

僕は覚悟して、ぎゅっと目をつぶった。


「あぶねえ！」

急に腕を掴まれた。由宇がすごい勢いで僕を引っ張って逃げる。足がもつれて上手く走れない。後ろから何発か弾がかすめる。それでも由宇は僕の腕を掴んで離さなかった。やっと僕も体勢を立て直して走れるようになると、別々に全速力で駆けた。

無我夢中で逃げる。でも限界だ。もう走れない……。どんどん速度が落ち、それでも何とか足を動かしていたが、ついに草むらに倒れこんだ。由宇も倒れるのが見える。そのまま荒い息を殺しながら、しばらく伏せて様子をうかがった。どうやら追って来てはいないようだ。僕はおそるおそる首を伸ばし、周囲を見回す。五木は見当たらない。大きく息を吐き、体を起こした。

　まだ全身の震えが止まらない。突きつけられた銃口。もう少しで、自分も川上のように殺されるところだった。エアガンだと聞いていたが、明らかに殺傷能力を上げてある。

「吉田さん、大丈夫か？」由宇も起き上がる。「いやあ……怖かったな」

「由宇君、ありがとう。引っ張ってくれなかったら殺されてたよ」

「当たり前だろ、仲間じゃん」

「君に当たる可能性もあった。命がけで救ってくれた」

「いやいや、勝手に体が動いたんだよ」

「由宇君は命の恩人だよ」

　そう言った時、少し離れたところでガサガサッと草が揺れた。五木か？　僕と由宇は身構える。

「ヤバかったっスね」

　泥だらけの顔を出したのは末広だった。彼も一緒に逃げてきたのだ。

「まさか天野先生まであんなことになるなんて」

　声を震わせながら、末広がこちらにやってくる。そうだ。天野医師も死んだんだ。しばらく三人で、ただ呆然と座っていた。

「あのさ、あらためて確認だけど、五木さんが川上さんを……ってことだよな？」

はっきり言うのが怖くて僕は言葉を濁す。

「そりゃ、それしか考えられないだろ。吉田さんにも銃を向けたんだし」

由宇が言った。よくよく見ると、右手に握ったカメラを僕と末広に向けている。

「まさか撮ってんスか?」

「記録だからな」

「そういえば川上さんのことも撮ってましたよね。亡くなってるのに。不謹慎じゃないスか」

「まあまあ末広君、由宇君に悪気があるわけじゃないし」

命を救ってくれたんだから、カメラくらい好きに回してくれたって僕はかまわなかった。

「よくないスよ。なんか自分たちがネタにされてる気分です」

「わーったよ」由宇はしぶしぶカメラを止めた。「で、天野センセはどうして死んだわけ」

僕はできるだけ状況を思い出しながら答える。

「あの時は川上さんの死体にパニクってて記憶が断片的だけど、天野先生は急に吐いたんだっけ?　五木さんに遠くから撃たれた、とかじゃないよね?」

「急に吐いたと思ったらバタッて倒れたと思うんスけど……だって撃たれても嘔吐しないでしょ、普通」

「でも小学生の時、小石が腹に当たってゲロ吐いた奴いたぜ。だから弾が腹に命中したら、そのショックで吐くこともあんじゃね?　まあ動画を見りゃ早いんだけどなあ。誰かさんは嫌いみたいだけど」

由宇が細長いカメラをつまんで、ぶらぶらと揺らす。

「まさか……あの時もずっと撮ってたんスか？」

「まあね」

「……確かに記録として役に立つかもしれないっスね」

「ほーらみろ。だから言ってんのに」

由宇が動画を再生した。川上の死体を見て大騒ぎしている僕と末広が写っている。天野医師は川上のかたわらにしゃがみこみ、まぶたを開けたり口元に耳を近づけたり、首筋や胸、手首を触っていた。やがて天野医師に異変が起こる。動きを止めたかと思うとがくがくと体を震わせ、地面に倒れこんだ。そして、いきなり嘔吐した。

「もういいです、止めてください」見るのが辛いのか、末広が沈んだ声で言った。「弾が当たった様子はなさそうスね。だとしたら考えられるのは……あの魚じゃないっスか？」

言いながら、末広が由宇を見る。

「ちょっと待てよ、まさかまさか、魚を持ってきた俺があやしいって思ってないよね。俺、ほんっとーに川上さんから渡されただけだかんね」

「魚を渡された時の状況を確認させてください」末広が由宇の目をまっすぐ見すえた。「川上さんは、殺されたあの場所で釣ってたんスか？」

「うん、そう」

「由宇さんは何でそこに行ったんスか」

「暑いところで、一人で頑張ってみんなの食料を釣ってくれてんだぜ？　ココナッツウォーターでも差し入れようと思って」

「で、それを渡したんスね」

「そ」

「その時、川上さんは一人？」

「最初は一人だったけど、そういえば途中で五木さんが来たな。そのうちに川上さんが魚を釣って、『これを持ってって、先にみんなに食わせてやって』って渡された。だから二人を残して俺は海岸に戻った……そうか、あのあと川上さんは殺されたんだな」

　由宇は悲しそうにため息をついた。

「それこそ、その時の動画って残ってないんスか」

「あー残念。あん時はまだ撮ってなかったんだよなぁ」

「そっスか……」

「とにかく絶対に俺じゃねーから。川上さんから渡されただけだから」

「川上さんじゃなくて、由宇さんが毒魚って知りながら釣ったのかもしれないスよね」

「どうやって俺が魚を釣るんだよ。釣り竿も持ってねーし、やったことねーし。そもそも毒があるかなんて見ただけでわかんねーじゃん」

「そうだよ末広君。由宇君がそんなことするはずないだろ。命がけで僕を救ってくれるような人なんだよ？」

「じゃあ由宇さんの話が本当だとすると、川上さんは毒のある魚だって知らずに、由宇さんに渡したってことっスか？」

「そうなんじゃねえの。プロでも見分けるのは難しいんだろ？　スーパーが過《あやま》って毒のある魚を売った、とかネットで見たことあるよ。いや……もしかしたら知ってたのかもしれないぜ。川上さんは俺を通して、みんなを殺そうとしたのかも」

　一瞬、しんとなった。

「もちろん可能性としてゼロじゃないけど……自分には、やっぱ由宇さんの行動が不自然に思えるっス」

「は？　なんだとテメー」

「魚用の手袋で防御してたし」

「だーかーらー、手袋ごと川上さんに渡されたからじゃん」

「でも、由宇さんは食べなかったじゃないスか」

「へー、そういうこと言うわけ。だったら言わせてもらう。俺は末広君が怪しいと思ってるよ」

「は？　なんでっスか」

「木を削って箸を作ってたよね。あれに毒を塗ったんじゃねえの」

末広が目を見開く。

「な、な、何を言ってんスか！　なんでそうなるんスか！　見てたでしょ、ねえ吉田さん！」

末広が必死の形相で僕にすがりつく。

「う、うん」

頷きつつも、実は僕も少し気になってはいた。末広も、あの時魚を食べようとしなかったからだ。

「どうやってみんなの目の前で毒を塗るんスか！　っていうか毒なんか持ってるわけないじゃないスか！」

「でもさあ、魚にも毒があるように、昆虫やヘビやトカゲにだってあるわけだろ？　末広君はサバイバルに詳しいから、そういうのから毒を採取しておいて、何らかの方法で木を削りながら毒汁を塗ったんだよ。あ、そうだ！　ナイフに毒汁をしこんでたのかも。で、削るときに箸の、口をつける部分にそれをなすりつけた」

なるほど。それなら可能だ。そしてそれが正しかったとすると、僕も死んでいたかもしれないのだ。

「ばかばかしい。それなら吉田さんだって怪しくなるじゃないスか」

「え、ぼ、僕も？」

「いや、疑ってないスよ？　だけど箸やナイフに毒を塗ったという説が通用するなら、吉田さんが持ってきた大きな葉っぱに毒が塗られてた可能性もあるってことになる。あれを皿代わりにしたんだから」

「皿にするかどうかなんてわからないのに、事前に塗ってるわけないだろ」

「そうか、葉っぱかぁ」由宇が頷く。「もしかしたら、あの葉っぱそのものが毒のある植物なんじゃねーの。俺たちを殺そうとして持ってきたとか？」

「由宇君までそんなこと言わないでくれよ。あれはただの里芋だってば！　それに見つけてきたのは天野先生だ」

「でも……なんとでも言えますよね。死人に口なしなんスから」

　僕たちはにらみ合った。仲たがいしている場合じゃない。だけど天野医師を殺した犯人がわからなければ、安心して一緒にいられない。

　この二人のはずがないと思いたかった。末広はみんなで生き残ろうと一生懸命考え、行動してきてくれた。由宇だって、さっき危険を顧みず僕を助けてくれた。けれども天野医師を殺したのは百パーセント僕じゃない。とすると、やはり末広か由宇のどちらかなのでは――

　思案していると、末広がそうっとポケットからナイフを取り出すのが見えた。僕は息をのむ。僕はなんの武器も持っていない。辺りを見回し、とっさに近くにあった大きな石を掴み、末広に向かって投げつけた。石は末広の頬を直撃した。末広がひるんだところを押し倒して馬乗りになり、また石を手に取った。

「吉田さん！　なにするんスか！　やめてください！」

末広が両腕を顔の前でクロスして防御しながら、必死に叫ぶ。僕も石を振りかぶったまま叫び返した。

「末広君こそ、今なにしようとしてた？　ナイフを出そうとしてたじゃないか！」

「毒なんて塗ってないって見せて、証明しようと思ったんスよ」

本当のことを言ってる？　それとも言い逃れか？　僕には判断できなかった。

「そもそも今の状況で戦うわけないじゃないスか。二対一で、絶対自分の方が不利ですよ。もし襲うつもりなら二人きりになれるまで待ちますって」

確かにそれはそうだ。僕は警戒しながら、ゆっくり末広の上からおりた。末広も警戒しながら起き上がる。頬の皮膚はえぐれ、かなり大きな傷になって血が流れていた。目に当たっていたら一発で失明していただろう。頭だったら死んでいたかもしれない。ぞっとした。

ふと気がつくと、由宇がカメラを回している。さすがに末広を襲った映像を撮られたのは、いやだった。

「末広君、ごめんな、勘違いして……でも許してほしい。極限状態で、誰が味方か敵かわからないし——いや、言い訳にならないな。本当に、悪かった」

自分が振るってしまった暴力に、心臓がばくばくしていた。他人に、しかも頭部をめがけて石を投げるなんて信じられなかった。人一倍いじめや暴力問題にセンシティブで、誰も傷つけまいと生きてきた。それでも、こんなことをしでかしてしまった。

　バトルロワイヤルになんて参加したくないし、するつもりもない。だけど下手をすれば、僕は末広を殺してしまっていた。いや、それだけじゃない。もし僕が末広を殺していたら、それを目の当たりにした由宇は僕を恐れて、絶対に攻撃してきただろう。そして僕も身を守るために反撃し、殺し合いになっていた。この場で全員死んでいたかもしれないのだ。

　こんなに暑いのに、悪寒で全身に鳥肌が立った。いつの間にか、僕もバトルロワイヤルにからめとられている。

「あ……傷、よかったらこれで止血――」

　僕がシャツを脱ごうとすると、「いいっス」と末広が低い声で言った。

「酒で消毒するんで大丈夫っス」

「そ、そっか、うん、お酒は消毒もできるもんね。じゃあとりあえず海岸に戻ろう。荷物を取りに行かなくちゃ」

「吉田さんとは行動できません」末広はぴしゃりと言って立ち上がった。「由宇さんはどうするんスか？　今の、見ましたよね？　この人、僕を殺そうとしたんスよ」

「あー、俺は」カメラを持っていない方の手で、由宇は頭を掻いた。「今のは誤解だったと思うし、吉田さんはナイフとか良いアイテムを持ってないから気の毒なんで……一緒に行動するわ」

「そうスか。じゃあ、ここからは別行動ってことで」

末広は僕らに背を向け、草木を掻き分けて行ってしまった。彼に申し訳ない気持ちでいっぱいになる。由宇にも悪いことをしてしまった。

「……由宇君、ごめんな」

「へ？　なんで謝んの」

言いながら、由宇は去り行く末広を追っていたカメラをこちらに向けた。

「僕があんなことしなければ、末広君と行動できたのに」

「いやいや、気にすんなよ」

「でも末広君はサバイバルの熟練者だし、ナイフもポケットバイクも持ってる。僕のアイテムのなかじゃ肉くらいしか役に立たないし……。あ、これだけは言っとく。僕は本当に末広君を殺そうとなんて――」

「わかってる、わかってるってば」由宇が落ち着かせるように両手をひらひらさせる。「ってか、ぶっちゃけ俺、天野センセを殺したの、末広君だと思ってっから」

「やっぱりそう⁉」

「そりゃそうでしょ。俺は犯人じゃない。吉田さんも違うんでしょ？」

僕は必死で頷く。

「だったら末広君しか残らないじゃん。あと俺さ、もうひとつ可能性が高いと睨んでんのが、串刺しにした枝。キャンプで毒のある枝に肉を刺して食ったら死んだってニュースも時々聞くじゃん。串の枝も末広君が用意してくれただろ？　あれも、ぜってー怪しいよなって」

「その可能性も大いにあるね」

　ここには僕が見たことのないような木々がたくさん生えている。その中には毒のある木だってあるだろう。

「だから末広君は信用できない。マジで去ってくれてよかったと思ってる。ってことで吉田さんは気にしないで」

「そっか、ありがとう。あ、そうだ、僕の持ってきた肉、半分あげるよ。ほんのお礼」

「いやいや、気を遣うなよ、仲間じゃん」

「由宇君は命を救ってくれた恩人だし、それに僕のことを信じてくれたからね。さあ、荷物を取りに戻ろう。急がないと、五木さんに盗まれたら困る」

　肉はほんといらないからね、と遠慮する由宇を急《せ》き立てて、海岸を目指した。

　いつの間にか日はかなり西に傾き、暑さも和らいでいる。さきほどのカオスが嘘のように森の中は静かで、鳥のさえずりも聞こえ、のどかだった。周囲を警戒しながら進み、海岸へ出たら一気に走る。海岸には五木が隠れられるところはない。狙ってくるとしたら森からだろうから、できるだけ早く離れるようにした。

砂浜には、さっき魚を焼いていた焚き火痕があった。そういえば慌てていたので火を消した覚えはないが、きちんと消えている。そして黒くなった砂の周りに、僕のダイビングスーツとシュノーケルマスクとフィンが飛ばないように石で押さえてあった。

もしかして、と海岸の隅っこにいる修一と莉々子を見る。遠目に、莉々子が大きく手を振っているのがわかった。そうか、僕たちが火を消さずに走って行ったから、火の始末をし、僕の荷物が飛ばないようにしてくれたのだろう。食べかけの魚の身が置かれた葉っぱにも重しがしてあった。

僕も手を振り返して感謝を示してから、あちこちに置かれた荷物に目をやる。天野医師の望遠鏡とラム肉は岩の上に、山崎25年の瓶は砂浜に転がしてあった。胸がギュッとなる。川上さんも、天野医師も、本当に死んでしまったんだ。二人とも良い人たちだったのに……。

さっきは悲しみより混乱が大きかった。だけど今は、泣けて仕方がない。涙をぬぐいながら、ダイビングスーツを腰にくくりつけ、シュノーケリングマスクを腕に掛けた。フィンは邪魔なので捨て置くことにする。ローストビーフはもともと持ち運びしやすいようにタコ糸で縛ってあったが、長い時間持つと指に食い込んで痛いので、里芋の茎をタコ糸にからませてハンドルを作った。五木に盗まれないように、これからは肌身離さず持っていなきゃだめだ。

由宇は残っていた魚の身を葉っぱでくるくる包み、自分のバックパックにしまっている。毒がないのであれば貴重な食料だ。それから天野医師の荷物も詰めていく。由宇が活用してくれるなら、天野医師も喜ぶだろう。どれも五木に盗られる前でよかった——と考えてから、ふと思い至る。末広も、さっきこの場所に自分の酒やバイクを取りに来た。いくらでもアイテムを盗むことができたはずだ。自分だけ生き残るつもりなら当然そうしただろう。だけど手つかずでちゃんと残っている。

やっぱり末広はフェアな男なのだ。となると、天野医師を殺したのは末広じゃない……？

「そうだ。忘れてたけど、まだ天野センセ殺しの容疑者がいるじゃん」

僕の考えを読んだかのように、由宇が言った。

「修一君と莉々子ちゃん。あの二人の可能性だってあるっしょ」

僕は先ほどの火事でしょぼくれていた二人を思い浮かべる。二人が天野医師と接触する機会はあっただろうか。いや、あったとは思えない。だけど五木があんな風に川上を殺害するなど、思いもかけないことが起こっている。残念ながら「絶対にない」とは言い切れない状況だろう。

「ちょっと探りを入れてみようか。いずれにしても、五木さんには気をつけるよう教えてあげないと」

「ん、そーだね」

僕が二人の方へ足を向けると、由宇もカメラを回したままついてきた。

二人は砂浜にエアマットレスを出し、その上に座ってぼんやりとしていた。僕たちの姿を認めると、修一が頭を下げた。修一の髪の毛は焼け落ちたのか、ところどころ短くなっている。

「火を消してくれたんだね。ありがとう。二人にあんな説教してたくせに、僕らも目を離しちゃったよ」

「ううん、さっきあたしたちを助けてくれたお返し」よほど懲《こ》りたのか、莉々子はしおらしい。

「でも、ずいぶん慌ててたみたいね。なにかあったの？」

「ねーねー、修一君と莉々子ちゃんはさ、天野センセを見なかった？」

由宇は答えるかわりに、逆に質問をした。修一も莉々子も自分たちに向けられたカメラに気づいたようだが、何も言わなかった。

「見てないよ」修一が首を振る。「っていうか君たちこそ天野先生と一緒に焚き火を囲んでたじゃないか。で、突然みんなで走ってどこかへ行った」

「あたしたち、火を消しにそっち側に行ったけどすぐ戻ったし、天野先生もそれきり見てないわ」

「そっか。あれから天野センセを見失っちゃったんだよね。本当に、二人とも知らない？」

修一と莉々子は首を横に振る。その様子からは、やはり天野医師の死に関わっているとは思えない。

「この島に行くところなんてないし、すぐ戻って来るに決まってるわ。わざわざ捜さなくてもいいんじゃない？」

　莉々子が不思議そうに首を傾げた。

「修一君も莉々子ちゃんも、マジで知らなそうだね。明かすべきじゃない？」

　由宇が、僕にカメラを向けた。僕は頷き、「実は、天野先生は亡くなったんだ」と打ち明けた。

　修一が「ええ！」と大声を上げ、莉々子は口を両手で押さえた。

「川上さんも亡くなってしまった――五木さんに改造エアガンで撃たれて」

「そんな！」莉々子が悲鳴のような声を上げた。「あの五木さんが⁉」

「信じられないよね。僕らも、今でも悪夢を見てるみたいだ。でも本当に二人とも死んだんだ。天野先生は毒物だと思う。誰かに一服盛られた可能性があるんだ」

「もしかして、それで僕と莉々子を疑ってたの？」

「そう、実は探りにきた。だけどチャンスもないし、違うだろうなとは思ってたよ」

「グループを追い出されてから、天野先生とはすれ違ってもいないわよ。寄ってきてくれたのは吉田さんだけだったし」

「まあ、そうだろうね」

「こわいわ」

　莉々子が、修一にしがみついた。

「ほんとに殺し合いがはじまっちゃったのね。そんな人、あたしたちの仲間にはいないと思ってたのに」

「だよなあ、俺も思ってた。そーゆーの、映画やマンガの中だけだって」由宇が自分にカメラを向け、言った。「だけど逆に言えば、五木さんにさえ気をつけておけば安心ってことだからさ。寝るとき、用心した方がいいよ」

「ここ、危ないかな?」

修一がこわごわと海岸を見回したので、僕は言った。

「確かなことは言えないけど、エアガンの飛距離はそこまで長くないと思うんだ。海岸なら森と違って、五木さんが身を隠しながら狙えるところがないから、逆に安全なんじゃないかって思ってる。だから暗闇になる夜だけ気をつけて、交代で眠った方がいいと思う」

僕の言葉を由宇が補足する。

「夜になったら焚き火もしない方がいいぜ。ここにいるってアピールしてるようなもんだから」

「わかった、アドバイス通りにするよ。吉田さんも由宇君も、本当にありがとう」

修一がしっかり頷いたのを見届けて、僕と由宇は自分たちの居場所に戻った。

「あー、さすがに腹減った」

言いながら、砂浜の上に由宇がどっかりと腰を下ろす。

「そうだ、肉を食べよう。由宇君、半分こだ。切るからナイフ貸してくれる？」

僕が言うと、由宇が手を振った。

「いや、ほんとにそんなつもりで助けたわけじゃないから。それに、天野センセのラム肉があったんだよね。それをもらうからいいよ」

「あ……そっか」

「とりあえず食おう。腹が減ってはナントカだよ。いっただっきまーす」

由宇が豪快に肉をほおばる。僕も肉を裂いて口に入れた。うまい。全身からよだれが湧きあがるようだ。後の為に残しておかなきゃと思うのに、ついつい食べてしまう。三分の一ほど消費したところで、なんとか手を止めた。

「あー、肉うめえ」

由宇は躊躇《ちゆうちよ》なく、むしゃむしゃと食べ進めている。すでに肉の大きさは半分ほどに減り、何本も骨が捨てられていた。僕の肉を半分あげると申し出たものの、あの食欲ではあっという間になくなっていただろう。そうなったら、追加で差し出すはめになったかもしれない。

正直、天野医師が肉を遺してくれて助かった。悲しい気持ちに嘘はないが、飢える恐怖や、なんとしても生き残りたいという気持ちの方が上回る。さっきは泣いていたくせに、今はもう自分のことしか考えていない。僕だって結局は、突きつめれば、エゴの塊だ。

「そうだ、陽のあるうちに充電しとかねえと」

由宇はやっと食べるのをやめると指を舐め、バックパックの脇から伸びているＵＳＢケーブルをカメラにつないだ。バックパックの表面には黒い下敷きのようなソーラーパネルがはめこまれている。

「それ、本当に便利そうだね」

「だろ？　これを三つのアイテムの中に入れた俺、グッジョブだと思うわ。あとカメラな。いやー、マスターに置いてけぼりにされた時は、カメラよりも役に立つものを持ってこればよかったって後悔したけど、今は持ってきて当たりだったと思うね。記録はもちろんだけど、時間もわかるしライトも使えるからさ」

「由宇君が持ってきたアイテムは、どれも大当たりだよ。それに引きかえ僕は、肉のほかはシュノーケリングマスクとフィンだからなあ」

「思いもよらない活用法があるかもしれねーじゃん」

「だといいけどね。由宇君の足手まといになりたくないからさ」

「もー、さっきから、なんでそんな卑屈になってんの。俺だってみんなだって、吉田さんの理科の知識に助けられてきたんだから。堂々としてろよ」

「由宇君には命がけで助けてもらうわ、勘違いで末広君をグループから追い出しちゃうわ、僕はダメダメだなって落ち込んじゃって」

「え、なんで？　修一君と莉々子ちゃんが犯人じゃないってことは、やっぱり末広君が犯人だったんだなって、俺は再確認したけど」

「僕たちのアイテム、手つかずで置いてあっただろ？　末広君が犯人だったら盗んでいくんじゃないかな」

「単純に、要らなかったからじゃね？　双眼鏡にダイビンググッズだもん」

「だけど僕と天野先生の肉があったよね」

「末広君はトカゲでも蛇でも食えるって言ってたじゃん」

「ただ、肉を盗めば僕と由宇君は飢えるだろ？　食料を奪うことは、直接攻撃と同じくらい効果的と思うんだよね」

「ふうん……だったら吉田さんは天野センセを殺したのは誰だと思うわけ？」

　由宇が、僕をじっと覗き込む。感情の読み取れない目。なぜだか胸がざわついた。

「ええと、修一君と莉々子ちゃんじゃなくて、末広君じゃなくて、五木さんじゃなくて、僕でもないとすると……」

　あれ？

　あと一人しか残らない。

　ということは……。

　僕はごくりとつばを飲み込む。

「天野センセを殺した犯人はさぁ」

僕を見据えたまま、由宇が口を開いた。まさか犯人は〝俺なんだ〟と続けるのか——？

「……いないのかもしれないよ」

由宇が言った。

「——え？」

「犯人なんていないのかも。天野センセが焚き木拾いん時に、ヤバいものを飲み食いしたんじゃね？」

さあっと心の霧が晴れた。

そうか。その可能性は高い。天野医師が自分の意思で摂取したという考えが、一番安心できた。

「それだ！　絶対にそうだ。ああ、なんで考えつかなかったんだろう」

「川上さんのことがあったからじゃねーの。誰かに殺されたっていう先入観ができちゃったから」

「あーよかった、解決できて」

「となると、やっぱ末広君を犯人扱いしたのは悪かったよな。俺も次に会ったら謝っとくわ」

にこっと由宇が笑った。一瞬でも彼を疑ってしまった自分を恥じた。命の恩人なのに。

天野医師の死には、作為は介在していなかった。心が軽くなって、由宇が勧めるままウイスキーを飲んだ。この山崎25年だって天野医師の遺してくれたものだ。天野医師、そして川上を偲《しの》んで献杯した。

いつ現れるかわからない五木を警戒しながらも、天野医師と川上の思い出話をしているうちに日は暮れ、急に闇が迫ってきた。街灯もない場所では、太陽が沈むと急に真っ暗になる。

「僕、寝床に良いところを見つけてあるんだ。その場所は五木さんも知らないから、安全に休めると思う。真っ暗にならないうちに移動しよう」

「オッケー。じゃあライトがいるな」

由宇は脇に置いてあったバックパックを手繰り寄せ、ＵＳＢケーブルにつながれていたカメラを取った。起動すると、ライトが点灯して砂浜を照らす。かなり遠くまで明るくなるので驚いた。

「明るすぎるな。五木さんに狙われちまう」

由宇は里芋の葉っぱをちぎって、光が広がらないようにライトの周りを囲んだ。

「じゃあ行こう」

五木に遭遇するかもしれないという緊張で、酔いはほとんど感じなかった。移動するなら、素早くしなければならない。森に入るのは怖かったが、辺りを警戒しながら進んでいった。

大きな石や太い木の根っこに何度もつまづき、葉や枝に顔を引っ掻かれながら慎重に進むこと十五分、無事に寝床に到着した。

「へえ、ここ？　いいじゃん」

由宇がはしゃいだように、ぴょんと穴に飛び降りた。今朝ここに寝床を作っていた時は、まさかこんな一日になるとは夢にも思っていなかった。メンバーが二人も亡くなり、五木が殺人者になるなんて。

「深さはちょうど俺の腰くらいか。二、三人なら寝転べそうだし、隠れ家って感じでわくわくするね。ここならライトは丸出しでも外からは見えないよな」

由宇はカメラから葉っぱを外すと、レンズに向かって笑顔で「隠れ家に到着しました〜」と手を振った。

「もしかして、道中もずっと撮影してたの？」

「当たり前じゃん。貴重な記録だろ」

「そっか」

徹底している。自分が撮られることに抵抗はあるが、確かに動画には助けられた。

「あー今日はさすがに疲れたわ」

由宇が地面に腰を下ろした途端、いてて、と顔をしかめた。

「ケツが痛え。石だらけじゃん。これじゃ寝れねーな。大きいのは取り除こうぜ」

敷きつめていた里芋の葉っぱをどけ、由宇が大きめの石をぽいぽい穴の外へ投げていく。僕もそれにならった。せいぜい二畳程度だから、すぐに終わる。もう一度葉っぱをしきつめ、僕も座ってみる。なかなか快適だった。ダイビングスーツを腰からほどき、シュノーケリングマスクも外す。やっとリラックスできた。

「あー、川上さんもいなくなっちまったし、食料どうすっかなあ」

「そうだね、肉もせいぜい数日かな。そういえば修一君が、小さいカニや貝が獲れるって言ってたよ」

「じゃあ捕獲しねーとな。あ、そうだ、これ、なんのきのこかわかる？」

由宇がカメラを操作し、動画を再生する。黄色っぽいきのこや、いぼいぼのある赤いきのこなどが映っていた。

「ああ、たぶん黄色いのがコガネキヌカラカサタケで、赤いのがベニテングタケだよ」

「すげ！　即答じゃん。吉田さんって、ありとあらゆる植物を把握してんの？」

「まさか。塾で宿題を確認して返す時にさ、毎回ミニ知識を書き添えるんだよ。『世界最大の花はラフレシア』とか『世界最小の昆虫はアザミウマタマゴバチ』とかさ。だから面白そうな小ネタを探すために、図鑑を毎日眺めてるんだ」

「なーるほど。生徒を飽きさせないために工夫してんだ」

「そうそう。それに僕、きのこマンって愛称だからさ。網羅しないとマッシュルームヘアがすたると思って、きのこのページは舐めるように読んでる」

「マジかー、きのこのプロ」由宇が手を叩いて笑った。「で、どう？　食えそう？」

「うーん、コガネキヌカラカサタケは、大学時代の友達が試しに食べてたな。理系の連中って変人ばっかだからさ。今も生きてるってことは猛毒ではないんだろうけど、毒がないとは限らないよ。ベニテングタケは、見た目のまんま、毒きのこ」

「じゃあ食いもんがなにもなくなったら、最悪はコガネなんちゃらだけは食えるな」

「うーん、緊急時には仕方ないかもしれないけど、おすすめはしないよ。明るくなったら、食べられるきのこを探してみよう。それにしても、宿題返却とかミニ知識とか、遠い世界に思えるなあ。ストレスばっかだったけど、今に比べれば平和だった。戻りたいよ」

「だよな。普通にコンビニ行ったり電車乗ったりテレビ見たり……そういうのが懐かしい」

　これまでの何気ない日常が、圧倒的な輝きをもって思い出される。泣きそうになった。ふと気がつくと、カメラが僕に向けられていた。慌てて涙をこらえた時、由宇が聞いた。

「吉田さんはさあ、理科の先生で、たくさん知識があるじゃん？」

「うん、まあ」

「実際この島に来てから大活躍じゃん？　吉田さんのおかげで助かってる。だけどそれって悪用できるよね」

「悪用？」

　僕は首をかしげる。

「周りは吉田さんの知識を信じてるから、例えばきのこだって、『これは安全で食べられるよ』って言えば、食っちゃうわけじゃん。つまり自分が生き残れるように、理科の知識を悪用して騙せる。そういう誘惑にかられたりしないわけ？」

「まさか！」

　思いもよらないことだったので、強く否定する。

「どうしてそんなこと聞くの？　もしかしてまだ僕のことを疑ってる？」

「そうじゃないけどさ。なんとなく、どうなのかなあって」

「理科の知識を悪用するなんてありえないよ」

　僕は言い切った。

「そもそも知識は自分の為だけじゃなくて、世界をよりよくする為に使うものだ。この島でも、みんなで生き延びる為には使うけど、人を傷つけるような使い方はしないよ。あらゆる科学は自己中心的に生きる為の道具じゃない。ダイナマイトや原子力だって、本来なら人を救うための科学が悪用されてきた歴史があるよね。だからこそ僕も理科の世界の端っこにいる者として悪用はしないし、させてはいけないということを肝に銘じてきた。ちっぽけな塾の講師だけど、それが僕なりの矜持《きょうじ》だよ」

　ぱちぱちぱち、と由宇がカメラを持ったまま拍手する。

「すげー。吉田さん、いいわあ。めっちゃいい画《え》が撮れた。期待以上だよ、ありがと」

「……そう？」

なんとなく、本当になんとなく、由宇の態度に引っ掛かった。

「理科を使って人を攻撃しないんだったら、どうやって五木と戦うつもり？」

その質問にハッとなる。僕たちにその気がなくても、相手がこちらを殺すつもりでいる限り、戦わなくてはいけないのだ。

「最終的に僕たちは……五木さんを殺さなくちゃいけないのかな」

「当然そうじゃね？　でないとこっちが殺されちゃうじゃん。さっきも撃ってきたんだから」

「……だよね」

「仕方ねーじゃん。悪いのは五木なんだから」

「とてもじゃないけど、今は方法なんて考えられないな。できれば五木さんに改心してもらって、みんなで帰りたいって願ってるよ」

由宇が興ざめしたような表情になったのは気のせいだろうか。

「ま、いいや」

由宇はカメラを止めると葉っぱの上に置き、ごろりと横になった。

「あー、石を取っても地面はやっぱ固えな」

「よかったら、これ使いなよ」

僕はダイビングスーツを由宇の下に敷いてやった。

「どうかな」

「まだ固え」

「そりゃ仕方ないよ」

「あ、でもマットレスがあったな。あれをもらえばいいのか」

「くれるわけないだろ。さんざんのけ者にしといてさ」

「だけど死んだら必要なくなるじゃん」

一瞬、耳を疑った。寝転がった由宇の横顔が、差しこむ淡い月明かりで、冷たく見える。

「……どういう意味？」

「んなの、言葉通りだよ。天野センセのアイテムだって、俺たちの物になっただろ？」

「そうかもしれないけど……じゃあ何？　あの二人が五木さんに殺されてもいいわけ？」

「いやいや、そんなつっこまないでよ」由宇が吹き出した。「単純に事実として言っただけだってば。言葉のあやだって。あーあ」

由宇が、もう一度起き上がった。

「しょんべん。さっき行っときゃよかった」

よっこいせ、と木の根っこに足を引っかけ、穴からよじ登った。がさがさ、と草木を掻き分ける音が遠のいていく。

由宇に対して感じ始めたいくつかの違和感が、胸に渦巻いている。唯一の仲間なのに。命がけで救ってもらったくせに。それなのに、疑惑はどんどん膨れ上がっていく。

葉っぱの上に置きっぱなしにされた由宇のカメラが目に入った。耳を澄ますと、遠くから鼻歌が聞こえる。僕はそうっとカメラに手を伸ばした。

疑ってるわけじゃない。

由宇は信頼できる仲間だ。

これは念のためなんだ――

心の中で言い訳しながら起動すると、小さなスクリーンに次々と動画のサムネイルが出てきた。いつ由宇が戻って来るかヒヤヒヤしながらも、手早くスクロールしていく。

釣り竿を構える川上のサムネイルが出てきた。日時を見ると今朝だ。やっぱり撮影してたんじゃないか。それなのに、どうしてさっきは撮ってないだなんて嘘をついた？　嫌な予感がしつつ、再生ボタンを押す。

――あれ。動画撮ってるんや。

画面の中で川上がはつらつと動き、活きのいい大阪弁でしゃべりだす。

――お、かかったかかかった。

リールを回して魚を釣り上げる川上。うおー！　という由宇の雄たけびも入っている。「おーい」と呼ぶ声が聞こえて、五木も画面に登場した。笑い声。のどかなやりとり。どうかこのまま、由宇が怪しい行動をとることなく動画が終わりますように、と祈る気持ちで見守る。

——これはハゼやな。あ、あかん。これは食えんやつや。

どくん、と心臓が波打った。ズームアップされているのは、由宇が持ってきた魚だった。間違いない。

——これはツムギハゼっていう毒のあるやつや。マハゼはめっちゃうまいんやけど。これ、あとでみんなに見せて注意喚起するわ。

——あ、それなら俺、向こうに運んどくよ。

さあっと全身から血の気が引いていく。やっぱり由宇は、魚に毒があることを知っていながら持ってきたのだ。天野医師を殺した犯人は由宇だった。たまたま末広は遠慮して食べず、僕もタイミングを逃して食べ損ねたが、由宇はあの時、僕のことも末広のことも殺そうとしていたのだ。

逃げないと。

今すぐ由宇から離れないと——

立ち上がろうとした瞬間、頭部に強い衝撃が走り、体が地面にたたきつけられた。視界に由宇の両足が見える。穴の上から、僕をめがけてドロップキックしたらしい。

「だめじゃんか。勝手に人のアイテムをいじっちゃ」

大の男が全体重をかけたドロップキックは、ダメージが大きかった。頭がくらくらし、なかなか起き上がれない。力の抜けた僕の手から、カメラが取り上げられる。

「まったくもう。心配しなくても、いくらでも撮ってあげるっての」

由宇が僕にカメラを向けると同時に、腹部を引き裂くような、鋭い痛みが走った。一瞬意識が飛んだが、震える両手を地面に突き、必死で上体を起こした。目の前には、片手にカメラを、片手にナイフを構えた由宇がいた。そしてナイフの切っ先からは、血が滴っている。

反撃しようにも何も持っていない。せめて投げるもの、と地面をまさぐったが、さっき手ごろな石は全て取り除いたのだった。まさか——

「あ、気づいちゃった?」

由宇が目を細めて笑う。

「そう、凶器になりそうだったから捨てたの。ありがとね、手伝ってくれて」

「な……」

口の中に血の味が広がる。息が苦しい。体が動かない。

「あ、だいじょぶだいじょぶ。動画の中で吉田さんは、天野センセを毒殺したり、末広君を石で襲撃する異常者って方向で仕上げるから。もちろん俺も殺されかけてピンチ！　だけど必死の反撃をして勝利する……やば、チョー最高じゃん。

あー、しくった。やっぱ石、一個くらい置いとけばよかったかな。そしたら俺に向かって投げる映像が撮れたのにね。でもカメラに当たったらやばいから、ま、いっか」

「どうして……」

「ん？」

「だって……僕を助けてくれたじゃないか……」

「動画の為に決まってるじゃん！」

由宇は、さも誇らしげに胸を反らせた。

「だってその方が盛り上がるだろ。さっそうと助けた俺、かっこよかったっしょ。これは俺のチャンネルなんだから、俺がヒーローじゃないと。

命の恩人、ザ・ヒーロー・由宇。そんな俺に襲いかかるザ・鬼畜・吉田。いやー、マジでいい仕事してくれたわ。リアクションが動画向き！　塾の講師より、案外ユーチューバーとか向いてたかもね……って、今さら言っても仕方ねえか。ま、とりあえず僕は必ず生き残って、この動画を億バズさせてみせるよ」

耳鳴りがする。あんなに痛かったのに、それも薄れてきた。息を吐くたびに、命がこぼれていく。

「そうそう、さっきのインタビューさあ、『ダイナマイトや原子力だって』『人を傷つけ』『る為に使う』。『あらゆる科学は自己中心的に生きる為の道具』『だ』。『だからこそ僕も』『理科の知識を』『自分の為だけ』『に』『生き延びるために使う』。『それが僕なりの矜持だ』ってつながせてもらうんで！　いやあ、怖いね編集！　すごいね編集！　ま、そこがユーチューバー由宇の腕の見せどころだよ」

由宇は高笑いしながら、ますますカメラを近づけてきた。

僕は異常者に仕立て上げられてしまうのか。

教え子たちが見たらどう思うんだろう。保護者から、またクレームが殺到するんじゃないか。

でももう関係ないか。僕はもう二度と、教壇に立つことはなさそうだ。

眼鏡のレンズにひびが入っている。それなのに、木の根の隙間から覗く夜空が妙にくっきりと見えた。

ああ。

星がきれいだなあ。

あれは夏の大三角形じゃないか。こと座のベガ、はくちょう座のデネブ、わし座のアルタイル。

おーいみんな、しっかり覚えとけよ。星座は入試に出やすいんだから。ちなみに三つとも一等星な。はくちょう座は天の川の真ん中にあるってことも押さえておけよ。まるで星の川の上を羽ばたいているみたいで、優雅だろ。

先生は、星座の単元が一番好きかもなあ。だって夢とロマンとドラマがあふれているじゃないか。

こうして星空を眺めていると吸い込まれそうになって……いつか近くに行けるんじゃないか、手が届くんじゃないかって……

いい年して、そんなことを空想してしまうよ……

6. 莉々子

昼間は楽園のような島なのに、どうして夜はこんなに恐ろしいんだろう。闇に沈んだ海は生き物のようにうねり、うっそうと茂った森の木々は触手のような枝を広げ、今にも襲いかかってきそうだ。

波の音も不愉快だ。東京にいる時には、リラクゼーションのために波の音をスピーカーから流していた。だけど二十四時間、絶え間なく聞いていると、頭がおかしくなりそうだ。どこへ行っても逃れられない音。耳を引きちぎってしまいたい。

夜は風も冷たい。あたしはマットレスの上で両膝を立てて座り、ずっと両腕をさすっていた。焚き火は消さなくちゃいけなかった。暗い方が、五木から狙われにくいからだ。だけどもちろん安心はできないので、修一と交代で見張っている。さっき交代したばかりで、修一は今あたしの隣で寝息をたてていた。

五木が川上を撃ち殺したなんて、まだ信じられなかった。悪意なんて一滴も混じっていない、いかにもお人好しそうな、あの笑顔。「クレーマーも毒気を抜かれる、完全無欠で人畜無害の公務員スマイル」だと本人も自慢していたくらいなのに。そんな人でも、極限状態だと変わってしまうんだろうか。それとも……もともとそういう人だったのか。

だけど吉田と由宇は信用できる。そして多分、末広も。そういえば末広はどこにいるんだろう。彼は夕方に一人で焚き火のところまで戻ってきたと思ったら、ポケットバイクを押してどこかへ行ってしまった。どうして三人は一緒に行動しないんだろう。なにか事情があるのだろうか。

ざく……ざく……

砂を踏みしめる音がして、ハッと振り向いた。暗闇に浮かぶ小さなライトが近づいてくる。

「由宇君？」

こわごわ声をかけると、「うぃっす」と返事があり、ライトが動いて由宇の顔が浮かび上がった。

「びっくりした。どうしたの？」

「吉田さんが、莉々子ちゃんと修一君を俺らの隠れ家に招待してあげたら？　って。海岸より安全かもしれないから」

「ほんと？　いいの？」

「うん。四人で寝るにはちょっと狭いけどね」

「狭くても何でもいい。すごく心細かったの。待ってて、すぐ修ちゃんを起こすから」

あたしは早速、修一を揺り起こした。眠りが浅かったのか、すぐに飛び起きる。

「なにかあった?」

「ううん。由宇君と吉田さんが、隠れ家で休んだらって言ってくれてるの」

「ああ、それは助かる。でも由宇君、本当にいいのか?」

「もちろん。五木みたいな敵がいるんだから、お互いに協力しなくちゃね」

「確かにそうだな。全員で力を合わせて、なんとかしないと」

「五木さんさえいなくなれば、もう心配することはなくなるわ」あたしは言ったが、すぐにそう簡単ではないことに気づく。「でも解決するわけじゃないのね。マスターの条件だと、二人しか生き残れないんだもん」

「ああそれは大丈夫なんだよ。修一さんと莉々子ちゃんは別行動してたから知らないと思うけど、死体を偽装しようっていうアイデアがあるんだ。マスターが見る衛星写真でそれっぽく写りさえすればいいわけだから」

「ああ、なるほど」

「それは良いアイデアだわ。だけどそんなこと、できるのかしら」

「すでに本物の死体が三つあるわけだし、五木も加われば四つになる。俺らの中からあと二名が死体のふりをすればいいだけだから、きっとなんとかなるよ。本物が交じってるんだから信ぴょう性は大だし」

「すでに死体が三つって……二つよね？　川上さんと天野先生だけでしょ？」

「あー、そうだった！　ごめんごめん、二つだね」由宇が自分のおでこをぺしっと手のひらで叩く。「とにかくそうやってマスターを騙して、迎えを寄こしてもらうわけ。で、とりあえず誰か二人が先発隊として戻ったら、受け取った十億を使ってこの島の場所を捜して迎えに来る——そういうプランができてるんだよ。どう？」

「すごいわ！」

あたしは手を叩く。俄然、生きて戻れる可能性が高まった。

「それならうまくいきそうだね。僕も莉々子も、なんでも協力するから」

「サンキュ。そうこなくちゃ」

由宇があたしたちにカメラを向けながら微笑む。さっき来た時もカメラを持っていた。ずっと撮影しているのだろうか。

「さ、とりあえず隠れ家へ向かおう」

由宇がカメラのライトを足元に向けて歩き始める。あたしと修一はマットレスが飛んで行かないようにヤシの実をいくつも置いてから、彼のあとをついていった。

森の中へ足を踏み入れようとして、あたしは立ちすくんだ。地面は泥やごつごつした石、棘のある植物などで覆われている。昆虫や爬虫類も絶対に潜んでいるだろう。とても素足では歩けない。

「修ちゃん、おんぶ」

あたしが言うと、修一は困惑気味に言った。

「足元が不安定だから、おんぶなんて無理だよ」

「あれ、莉々子ちゃん、はだし？　サンダルは？」

「汚したくないもん」

今回の旅の為に新調したルイ・ヴィトンのミュールは、空洞になっている丸太の中に、大切に保管してある。島から帰れないことがわかってすぐに仕舞ったので、まだまだ新品同様だ。あのミュールは、あたしの心のよりどころだ。必ず生きて帰って、あれを履いて東京の街を闊《かつ》歩《ぽ》するんだ。

「つーか、何も履かないで、よく過ごせてたね。ペディキュアも全然はげてないみたいだし」

「だって砂浜しか歩いてないから。ここの砂、まっしろで砂利ひとつ交じってなくて、さらさらでしょ？　だから平気だったの」

「けどこんな状況じゃそんなこと言ってらんないぜ？　待ってるからサンダル取ってきなよ」

「ヒールが九・五センチもあるから、どっちにしても森なんて歩けないわ」

「そうだ莉々子、僕がヒールを切り落としてあげるよ。平らになれば歩きやすく――」

「なに考えてるの！　ヴィトンよ？　ヒールを切り落とすなんて冗談じゃないわ！」

「……悪かったよ」

「修ちゃん、おんぶ。早く」

修一はため息をつくと、あたしに背を向けてしゃがんだ。「え、まさか」と呟く由宇の前で、あたしは修一の背に体を預ける。ふらつきつつも、何とか修一はあたしをおぶって立ち上がった。急に視界が高くなる。

「へーえ……ラブラブなんだねえ」

由宇が口笛を吹いた。あたしたちが羨ましいんだろう。だってこんなに愛し合ってるカップルなんて、他にいないもん。修ちゃんは、あたしのことが世界で一番、大切なんだから。

「じゃ、行きますか。暗いから五木も狙えないとは思うけど、慎重にね」

由宇がカメラのライトを向けながら草木をかき分けて進んでいく。修一も、あたしを背負いながら歩き始めた。

修一は黙々と歩いているが、息がどんどん荒くなっていく。足取りもおぼつかない。昨日からろくに食べてないから体力が落ちているんだろう。あたしもお腹がぺこぺこだ。小さいカニ、貝、オレンジ、チャーシューを食べたけれど、とても足りない。それに、チャーシューはすでに食べ切ってしまった。

お腹がすくって、こんなに辛くてしんどいことなんだ。何度かモデル事務所が主催する二週間のプチ断食ツアーに参加したけど平気だったし、デトックスされて体調が良くなった気がしたほどだから、食べなくても何とかなると思ってた。だけど無理。食べ物が手に入らないという状況が、さらに飢えをひどくする。

「莉々子、そろそろ腕が限界――」

修一が音《ね》をあげかけた時、「ついたぜ」と由宇が言った。修一の背中が、ホッとしたようにゆるむ。あたしは柔らかそうな土の上に、慎重に降りた。見回すけれど、暗闇のせいもあって何も見えない。

「どこなの？」

「パッと見でわかんないからこそ隠れ家なんだよ。木の根っこのところがえぐれて、穴になってるんだ。ここならゆっくり……あれ‼」

カメラと共に穴を覗き込んだ由宇が声を上げた。

「吉田さんが……死んでる！」

あたしと修一は息をのみ、後ろに数歩下がった。

「嘘よね……？」

「嘘じゃないよぉ。いやあ、びっくりしたなあ。ほんとに驚いたよ。わー、マジかー」

由宇の言葉には抑揚がなく、ほとんど棒読みのようだ。よほどショックを受けているのだろう。

「死んでるって……自然に亡くなってる感じ？　それとも……」

　修一がおそるおそる聞く。

「さっきまでピンピンしてたのに、自然に死ぬはずないじゃん。腹を切られてるっぽい。五木さんに殺されたんだろうな。これで死体は三つになったね」

　由宇は躊躇することもなく、穴にぽんと飛び降りた。

「修一さんも来てよ。一緒に運んでくれないと」

「え……いや、無理だよ。死体に触ったことなんてないし」

「やだなあ、俺だってないよ」

「別に運ばなくていいんじゃないか。この隠れ家は諦めて、他の場所で休もう。どのみち五木さんにバレちゃったってことだろ？」

「いやいや、運び出すのは必須だよ。砂浜に死体を並べるっていう条件なんだから。ここに置いてたら見えないしカウントされないじゃん。せっかくの、本物の死体なのに」

「でも……やっぱりできないよ」

　修一はおろおろしている。無理もない。

「んもー、俺一人じゃ海岸まで運べないだろ。ってか、一生この島にいるのと、ほんの数分だけ死体を運ぶの、どっちがいいんだよ。さっき何でも協力するって言ってたじゃんか」

　確かにそうだ。このままだと、迎えはこない。

「修ちゃん、お願い。頑張って」

修一は大きなため息をつくと、「わかった」と力なく言った。

「じゃあとりあえず降りてきてよ」

「うん……」

修一はこわごわ穴の方へ近づいていく。そうっと覗き込んだ途端、うっ、とえずいて草むらにしゃがみこんだ。由宇が舌打ちする。

「早くしてよ。五木が来たらどーすんだよ」

「ごめん……」

修一は口を拭って立ち上がると、意を決したように穴へ飛び降りた。あたしの位置からは、立っている由宇と修一の顔しか見えない。

「じゃあ俺が頭側を持つから、修一さんは足側を持ってよ。修一さん、あんまり死に顔を近くで見たくないでしょ」

「うん……由宇君はよく平気だね」

「あのさあ、さっきから冷たすぎない？　これ、吉田さんだよ？　仲間だった人だよ？　そんなにビビったら失礼じゃん」

あたしはハッとする。そうよ。一緒に楽しい時間を過ごしてきた、大切な仲間じゃないの。それなのに悲しむどころか、怖がるなんて。

由宇はチャラチャラしているけど、ちゃんと吉田の死を厳粛に受け止め、遺体に敬意を持っているんだ。だから怖いとかネガティブな感情が湧かないんだ。由宇にも、吉田にも、謝りたくなった。

勇気を持って、あたしも穴に近づき、覗き込む。揉み合ったのか、乱れた葉っぱに交じってウェットスーツやゴーグルなどの持ち物が散らばる中、吉田は仰向けになって両手足をひろげて横たわっていた。腹部が赤く染まっている。胃液がせり上がってきそうになるのを必死でこらえ、手を合わせて冥福を祈った。

少しして目を開けると、穴の中から由宇があたしにカメラを向けていた。戸惑うあたしに「いいシーンが撮れたよ」と親指を立て、それから遺体を撮り始める。そんな由宇の態度に違和感を覚えたけど、もしかしたらそれも彼なりの弔《とむら》い方なのかもしれない、と思い直した。

「さてと、やりますか」由宇はカメラを胸ポケットにしまった。「あ、ちょい待ち、その前にアイテムを回収しておかないと」

由宇はしゃがむと、月明かりに照らして、ひとつひとつ吟味し始めた。

「んー、シュノーケリングマスクは役に立たなそうだなあ。まあ一応もらっていくか。肉はいくらあっても困らないからラッキー。ウェットスーツはどうすっかなあ。着ればケガ予防にはなりそうだけど、昼間はめちゃくちゃ暑いもんなあ。でも海に魚を獲りに行くなら役に立つか。じゃあこれも持って行くとして……げー、なんかビチョッていった。血を踏んだのかも。靴が汚れたら最悪。あーあ」

　また由宇に違和感を覚える。彼の言動は、さっきからちぐはぐだ。吉田の遺体を大事に思っているはずなのに、無神経な行動をする。

「お待たせ、じゃあやろうか」

　由宇はバックパックに荷物を詰め終わると、背負って立ち上がった。

「うん。でも由宇君と二人で運び上げられるのかなあ。吉田さんはそこまで大柄じゃないけど、六十五キロくらいはあると思う。どんなふうにするつもり？」

「何言ってんの、運び上げたりしないよ。そんなの大変すぎるじゃん。投げるんだよ」

「……え？」

「俺が両腕を持つだろ。修一さんは両脚を持つ。で、縄みたいに左右にぶらんぶらんさせて、勢いつけてポーンって投げるんだよ」

「ポーン……って」あたしは驚いて、思わず穴の上から由宇の顔を覗き込む。「吉田さんは物じゃないのよ？」

「ちょっとぉ莉々子ちゃん、なんでそんな目で俺を見るわけ。俺と修一さんだけで、どうやってこの深さの穴から大人の男を持ち上げんのさ。文句言うなら、莉々子ちゃんも手伝ってくれよ」

　あたしは何も言えなくなった。確かに他の方法なんて思いつかない。それにやっぱり吉田さんに触れるのは怖かった。結局、この状況の中で一番ひどいのはあたしかもしれない。

「ごめん、由宇君。確かにそれしか方法はないわよね」

「そういうこと。莉々子ちゃんもわかってくれればいいよ」

由宇だって、投げたくて投げるわけじゃない。仕方ないのだ。

「じゃあ、いっちょやりますか」

由宇がしゃがんで、吉田の両腕をばんざいさせ、手首を持った。修一は吉田の両足首を持つ。せーの、の掛け声で持ち上げた。

「じゃあ思いっきり左右にスイングさせてね。『いっせーのーで』で放り投げよう」

「わかった」

「いっせーのーで！」

掛け声とともに、あたしの足元にどさりと吉田の体が落ちてきた。慌てて飛びのく。

「草しかないところで良かったね。低木とかがあったらぶっ刺さってるかも」

そんな恐ろしいことを言いながら由宇が穴から這い上がってくる。続いて上がってきた修一は青い顔をしていた。

月明かりの下、吉田の遺体をしっかりと見た。怖いという気持ちは吹き飛び、ただただ涙があふれてくる。

みんなに見放されてからも、吉田だけは優しかった。あたしと修一が困っていた時、手を差し伸べてくれた。理科の知識を使って、あたしでも火起こしができるように、丁寧に説明してくれた。バーでもそうだった。いつも植物や昆虫、星座、電流のこととか、面白い話をたくさんしてくれた。ユーモアにあふれた、とてもチャーミングな人だった。それなのに、どうしてこんなことになってしまったんだろう。

もちろん、こんな状況に陥れたマスターが悪い。

だけど、やっぱり殺した人が一番悪い。

「あたし、五木さんのこと許せない」

泣き出したあたしを、由宇も修一も意外そうに見ている。なによ。あたしはわがままかもしれないけど、親切にされたことは忘れないし、仲間が死んだら悲しいんだから。

「早く運んじまおうぜ」

由宇と修一が、ふたたび腕と足をそれぞれ摑んで持ちあげる。砂浜まで戻ろうと足を踏み出しかけ、あたしはまた立ち止まった。

「あー、そっか、莉々子ちゃん、歩けねえんだったよなあ」

由宇が頭を掻く。修一はやんわりと、「おんぶは無理だからね？　吉田さんを運ばないといけないんだから」と牽制した。

「わかってるわよ。でも……どうしよう」

「じゃあ吉田さんを運んだら戻ってくるよ」

「森の中で一人で待つなんて怖いわ」

「そんなこと言ったって……」

「もおー、君たちはおバカさんだなあ。靴なら、あるじゃんか」

由宇がにこにこしている。あたしがぽかんとしていると、由宇が続けた。

「だーからー、死んだ人のアイテムは自由に使えばいいんだぜ」

やっと彼の言わんとしていることを理解する。

「吉田さんの靴を履けってこと……？」

「そのとおり。ぶかぶかだろうけど、とりあえず森さえ抜けられたらいいじゃん。しかもこれ、マリンシューズだね。甲まですっぽり包むし、マジックテープもついてる。まあまあ履きやすい方じゃね？」

抵抗はあったが、確かに何かを履かなければ移動できない。あたしは腹部から目をそらしながら、吉田の足へ手を伸ばした。「吉田さん、借りるね」と小さく声をかけてマリンシューズを脱がせる。足が冷たくなっていて、ドキッとした。ああ、本当に亡くなってしまったんだ……

マリンシューズは大きかったけれど、マジックテープをきつく留めたので、なんとか歩くことができた。吉田を運ぶ二人に遅れないようについていき、無事に砂浜まで戻る。

吉田の遺体は、あたしと修一の拠点からも、由宇たちの拠点からも、少し離れたところに置かれることになった。常に遺体が目に入ってしまうのは、やはり辛い。

「埋めてあげましょうよ」

あたしの言葉に、由宇は首を横に振った。

「だめだよ。埋めたら空から見えないかもしんないだろ」

「確かにそうね……そういえば、川上さんと天野先生のご遺体はどこ？　砂浜に運ばなくても大丈夫なの？」

「それがさあ、うまい具合に二人は反対側の砂浜で死んでくれたんだよね。場所は離れてるけど、砂浜には違いないじゃん？　いやあ、めちゃくちゃラッキーだった」

ところどころ、由宇の物言いに引っかかる。さっきから何度も覚えた違和感が積み重なり、実際のところ由宇は吉田の死を悼んでなんかないんじゃないかといぶかりたくなる。

吉田の顔からメガネがずれていたので直してあげていると、ぐうっとあたしのお腹が鳴った。

「そうだ、二人とも腹減ってんじゃない？」

由宇がバックパックを開けて、葉っぱに包まれたなにかを取りだした。

「これ食いなよ。残り物で悪いけど、きちんと火も通してあるから大丈夫」

由宇が葉っぱの包みを開けた。白身の魚だ。修一の喉ぼとけが、大きくごくりと動いたのがわかった。あたしの口の中も、たちまち唾液でいっぱいになる。ああ、美味しそうだ。三等分するとほんのふた口程度だが、それでもありがたい。

「二人で食べちゃっていいよ」

「あら、由宇君は？」

「俺は肉があるから。遠慮しないで食いなよ」

由宇に少しでもネガティブな感情を持ちかけていたことを、申し訳なく思った。きっと彼のちぐはぐな言動は、この非現実的で過酷な状況によるものだ。さっきまで一緒に行動していた吉田が、戻ってきたら殺されていたのだ。パニックになってもおかしくない。

この島にいる全員、程度の差はあれ、きっとどこか壊れてしまっている。だけどそんな中でも、由宇が善人であることは間違いない。この島で一番貴重なのは、もちろん食料だ。それを惜しげもなく分けてくれるのだから。

「由宇君、本当にありがとう」

あたしは受け取ると、汚れた手が魚の身に触れないように、葉っぱごと半分に割って修一に渡した。修一がさっそくかぶりつこうとする。

「おおーい！」

森の方から声が聞こえた。振り向いたあたしたちは、いっせいに息をのむ。月明かりを背に五木が両腕を大きく振りながら近づいていた。エアガンは背中に、日本刀は腰にさしてあり、武器は手にしていない。が、彼の存在は脅威だった。

「逃げるぞ！　こっちだ！」

由宇の声に弾かれたように、修一とあたしも走り出す。

「ちょっとちょっと、そんなに怖がらないでよー。急に撃ったりしないってば。それより、莉々子ちゃんと修一君、由宇君に騙されてるよ！」

五木の発言は気になったが、もちろん足を止めるつもりはない。由宇も走りながら「耳を貸しちゃだめだからね」と言う。

「さっきもらったのって、もしかしたら魚じゃない？　だとしたら食べない方がいいよ、死ぬから！」

あたしたちを追いかけながら、五木が声を張り上げる。修一が足を止めたので、あたしも止まった。

「それ、どういう意味ですか？」

大声で、修一が聞き直す。前の方を走っていた由宇が、「二人とも何やってんだよ、早く！」と足踏みをしながら焦《じ》れている。だけど修一とあたしは、五木が魚のことを知っているのが気になっていた。

「あの魚はツムギ……あれ⁉」

近づくにつれて、五木は足元に横たわっている死体に気づいたようだった。

「えっ、これ吉田さん⁉　由宇君、吉田さんのことも殺しちゃったの？　うわー、マジか。すげえなあ」

五木はしゃがみこんで、吉田の遺体をまじまじと観察している。由宇が慌ててあたしたちのところまで戻ってきた。

「二人とも信じちゃだめだよ。疑心暗鬼にさせてチームをばらばらにするつもりだ。おい五木、テメー変なこと言うんじゃねーよ。さ、二人とも早くこっちへ――」

「一緒に行ったら殺されちゃうよ」五木が立ち上がり、再びあたしたちの方へ向かって歩き出す。「由宇君は天野先生も殺したんだからねえ」

「殺したのは五木さんでしょ」

あたしの言葉に、五木が面白そうに笑った。

「へえ、そんな話になってるわけ？　僕がいないのをいいことに、全部押し付けるつもりだったんだ。やだなあ由宇君は」

由宇は「ふざけんな」と語気を荒らげているが、明らかにうろたえている。ついに五木は追いつき、あたしたちの前に立った。

「莉々子ちゃんも修一君も気を付けた方がいいよ。何を吹き込まれてるか知らないけど、由宇君はすでに二人も殺してる。天野先生と吉田さん。僕は川上さん一人しか殺してないから、僕よりヤバい奴ってことだよ」

「ななななな、なに言ってんだよ、信じちゃだめだよ、五木さんが全員殺したんだ」

「その魚は川上さんが絶対に食べたらダメって言ってたツムギハゼだよ。わざと天野先生に食べさせたんだね。でないと、あんな風に死なないもんな。それを今度は莉々子ちゃんと修一君にも食べさせようとしてるわけか」

「ち、ちが――」

「吉田さんはナイフで刺したんだね。由宇君ってけっこう思いきったことするんだ。意外だなあ」

由宇は焦《あせ》って口を開けたり閉じたりしているが、言葉が出てきていない。

「僕はエアガンと日本刀を持ってるから怖がられてるかもしれないけど、やってることは由宇君の方がえげつないからね。それに今だって動画、撮ってるんじゃないの？　ほら、やっぱり」

由宇がカメラを慌てたように隠した。

「由宇君、嘘よね？　誰も殺してなんかないでしょ？」

「当たり前だろ！　五木さんがでたらめ言ってんだよ」

「えー、開き直っちゃう？」

五木がのけぞって笑った。

「役所でもいるんだよねえ。なんでもかんでも職員のせいにして、キレる利用者。でも僕はそういう連中の扱い方には慣れてるからさ。こういう時は、とにかく論理的に話せばいいわけ。ねえ由宇君、その魚に毒はないって言い張るなら、食べてみてよ。それから吉田さんを殺してないなら、血がついてないかナイフを見せてごらん」

五木があたしの手から魚をとって、由宇の目の前に差し出す。

「由宇君……もちろん食べるわよね？」

あたしは祈るように聞く。

「五木さんの言ってること嘘なんでしょ？　あたしたちは由宇君を信じていいんでしょ？」

由宇は答えず、魚にも手を伸ばさず、ただ立ちつくしている。

「由宇君、頼むよ」修一も促すが、由宇は答えない。「じゃあ、せめてナイフを見せてくれないか」

「つるせえなあ、なんでそんなことしなきゃいけねえんだよ。どう考えてもおかしいだろ。五木は人を殺せるエアガンを持ってんだぜ？」

「じゃあどうして吉田さんのことはエアガンで殺さなかったの？」

あたしの言葉に由宇は一瞬詰まったが、すぐに、

「……日本刀。そうだ、日本刀を使いたかったからだよ」

と答えた。

「なるほど、そうくるわけだ」五木は感心したように頷いた。「まあ確かに、そういう可能性もあるよな。じゃあ見てもらおうか」

五木がすらりと日本刀を抜いた。月の光に、刃がぎらりと反射する。

「どう、この曇りひとつない、冴えわたる輝き。血を拭き取ったように見える？」

あたしには日本刀のことなんてわからない。本物を見るのだって初めてだ。だけど手入れ道具もないこの島で、刀についた大量の血をここまできれいに拭き取るのは不可能のような気がした。五木はしばらく刃をうっとりと眺めた後、慈《いつく》しむように鞘に戻した。

「さあ、莉々子ちゃん、修一君、どうかな。これで僕の言い分が正しいってこと、わかってくれたんじゃない？」

五木は余裕たっぷりに、あたしと修一を見る。

「信じたくないけど……天野先生も吉田さんのことも、由宇君が殺したんだね」

修一が悔しそうに口を開いた。

「吉田さんが僕たちを隠れ家に招待してくれたっていうのは嘘だったんだ。すでに吉田さんのことを殺してたんだからね。一人じゃ遺体を海岸まで運べないから、僕を利用したかっただけだ。そして運び終わったから、僕と莉々子に魚を食べさせて殺そうとした。親切を装って近づいて、全部計画してたんだな……最低だよ」

「うるせえ！」

由宇がナイフを出し、あたしたち三人に向けた。

「くっそ。もう少しでバカップルをいっぺんに殺せるところだったのに、邪魔しやがって」

「そうこなくっちゃ」

五木は素早い動作で背負っていたエアガンを構えると、ぴたりと由宇の額に狙いを定めた。あたしと修一は、慌てて五木の背後に隠れる。

「あれあれ、お二人さん？」

五木が由宇に狙いを定めたまま、のんびりした口調で背後のあたしたちに声をかけた。

「どうして僕の後ろに隠れてんの？　魚に毒があるって忠告はしてあげたけど、別に助けてあげるわけじゃないよ」

「――え？」

「バトルロワイヤルなんだから、もちろん殺すつもりで海岸に来たんだよ。当たり前だろ？　でも三人で団子みたいに固まってわちゃわちゃやってるんだもん、まとめて撃ち殺すのは簡単すぎてつまんないから声をかけただけ。どうせなら、あちこち逃げまどう人間を撃ちたいでしょ？　リアルサバゲーなんて、二度とできないんだから」

言いながら、五木は軽やかに体を翻してあたしたちに銃口を向けた。チャンスとばかりに、由宇がすかさず突進しようとする。が、ふたたび五木は素早く銃口を由宇の方へ戻した。五木はからかうように、交互にあたしたちと由宇にエアガンを向ける。

「今から逃げてよ。ね？　スリーカウントするからさ」

にっこりと微笑む。完全無欠で人畜無害の公務員スマイル。ギャップが恐ろしくて、全身に鳥肌が立った。

「ワン」

五木が数え始めても、あたしたちは固まって動けなかった。

「ツー」

「わあああああああ！！」

由宇が叫んで走り出した。あたしたちも我に返って、由宇とは反対方向へ走り出す。

「スリー。いいねえいいねえ！　さあもっと走って！　逃げろー、逃げるんだー！」

ぶかぶかのマリンシューズに砂が入って走りにくい。だけど修一に追いつこうと、あたしは必死で手足を動かした。

「こっち来るなよ！」

「修ちゃんと離れるなんてヤダ！」

「一緒だと狙われやすいだろ！」

修一はスピードを上げるけど、あたしも無我夢中でついていく。

「では今から殺しに行きますよー！」

怖くて振り向けないが、こちらに近づいてくるようだ。反対方向に逃げた由宇ではなく、あたしたちを追うことにしたのか。由宇を選んでくれればよかったのに。彼は二人も殺してるんだから。

さっと背後をうかがうと、五木はエアガンを片手に、にこにこしながらきれいなフォームで走っている。それも気味が悪かった。まるでサイボーグみたいだ。

走っているうちに、マットレスが見えてきた。飛ばないように、重しがわりに置かれたヤシの実。あたしはひとつを両手でつかんで、五木をめがけて投げる。ヤシの実はほとんど飛ばず、かなり手前に落ちた。それでもあたしは必死で投げ続ける。砂浜に落ちるヤシの実を横目に、五木はぐんぐん近づいてくる。あたしはパニックになりかけたけど、重しを失ったマットレスがふわりと浮き上がったのを見て、閃いた。

「修ちゃん！」

体力の限界なのか、かなり速度が落ち、ふらつきながら走っている修一に向かって叫ぶ。

「マットレス！　押して！」

けれど修一は、ちらりと振り向いただけで先に進んでいく。

「修ちゃん！」

再び叫んだけど、聞こえないみたいだ。しょうがない。あたしはひとりで海に向かってマットレスを押した。軽いので、簡単に砂の上を滑っていく。だるい足を精一杯動かして必死で海に向かい、やっとマットレスが海水についたときには涙が出るほどうれしかった。押し寄せる波に抗いながら、そのまま沖の方へ進んでいく。波の力は強いが、追い風が助けてくれた。足がつかなくなるところまで何とか行き着き、マットレスの上に飛び乗る。

「修ちゃん！　早く！」

あたしがしようとしていることに途中から気づいたのか、修一も海に向かってきていた。ふらつきながらも、必死の形相で近づいて来て、ざぶざぶと波をかき分ける。やっと修一の手がマットレスの後ろに届いた。でも体力を使い果たしたのか、飛び乗る力が残っていないようだ。

「修ちゃん……！」

あたしは手首をつかんで精一杯の力で引っ張った。修一が這い上がるようにして、やっとマットレスの上に乗る。重心が不安定になってぐらついたので、二人とも慌てて寝そべった。

「手で漕《こ》ごう」

修一が言い、あたしたちは寝そべったまま、片手で海水を搔く。マットレスが分厚いから限界まで手を伸ばして、できるだけ深く、強く、搔き続けた。修一も一心不乱に手を動かしている。だけどなかなか進まない。追い風があるので波が引くときには一気に沖へと進むが、寄せ波で同じくらい押し戻されてしまう。

パラララ、と音がして、弾が何発か頭をかすめていった。だけど当たらなかった。よかった、セーフだ。ホッとして手で漕ぎ続ける。が、少しすると違和感を覚えた。パンパンに膨らんでいたはずのマットレスが、ぶよぶよしている。修一も気づいたようで、二人で顔を見合わせた。慌ててマットレス全体に目を走らせる。あちこちに、いくつも穴が開いていた。すでにマットレスは沈み始めている。

ああ、あたしったらなんてバカなんだろう。あの時は、マットレスで海に逃げるのがベストだと思った。だけど冷静に考えたら、海に出たって、どこへ行けるわけでもない。五木に追いつかれても追いつかれなくても、あたしと修一は死ぬ運命なんだ。撃たれて死ぬか、溺れて死ぬかの違いだけだ——奇跡でも起こらない限り。

それでもあたしたちは、沈みかけたマットレスにしがみついて漕ぎ続けた。後ろを見ると、あたしたちが波に戻されることを確信しているからなのか、五木は波打ち際から先へは進まず、エアガンを構えて立っている。顔は陰になって隠れているけれど、舌なめずりをせんばかりの、嬉々とした表情が見えるようだった。

潜って逃げようにも、海はすでに深い。あたしは泳げないし、たとえ泳げたって、逃げる場所はない。

波と格闘しながらも、あたしたちは確実に砂浜へと押し戻されている。背後から、ものすごい気迫と殺気を感じる。

今度こそ本気で撃ってくる。

もうだめだ——

覚悟して目をつぶった瞬間。

モーター音が近づいてきたかと思うと、ぎゃあ、と悲鳴が聞こえた。おそるおそる目を開けて振り向くと、五木が波打ち際に倒れている。その脇を、ポケットバイクが砂を巻きあげながら走り去った。

「くっそおおおおお！　すえひろぉぉぉぉ！」

五木はすぐさま体勢を直して飛び起きると、エアガンを撃ちながら追いかけていった。バイクの音とパラパラという弾の音がどんどん遠のいていき、五木の姿も見えなくなる。いつの間にか、あたりには波の音しかしなくなっていた。

「……助かった……」

修一がぐったりと、マットレスに突っ伏した。


あたしたちは流されるまま砂浜へ戻った。髪や服が塩水を含んで体が重い。砂がべたべたと全身にはりついている。だけど奇跡的に助かったのだ。そのまま砂浜に倒れこんで休みたかったが、五木が戻ってくるかもしれない。どこかへ逃げなければ。

「大した荷物はないけど全部持っていった方がいいな。何の役に立つかわからない。このマットレスも畳んで持っていこう」

ふにゃふにゃになったマットレスを見て、修一が言った。やっぱり頼りになる。あたしだったら、空気の抜けたマットレスなんて、そのまま捨て置いただろう。あたしたちはマットレスを畳んだ。ところどころ空気を抜ききれなくてやりにくかったけれど、なんとか持ち運べる大きさになった。

それから自分たちの拠点に戻ってみた。砂に埋もれた日焼け止めのボトルを拾う。メイク道具もばらばらに散らばっていたけど、いくつかは見つかったのでボックスにしまった。鏡にもパレットにもひびが入り、チークもシャドーも粉々になってしまったけれど、パーツをおさめて蓋がきちんと閉まった時、嬉しくて涙がこぼれた。

　末広は無事だろうか。五木のエアガンから逃げ切っただろうか。由宇が天野医師と吉田を殺したのなら、本当に信頼できるのは末広だけだということになる。末広はあたしたちを助けてくれた。いくらバイクとはいっても小さいし、砂の上では速度もそんなに出るわけじゃないだろう。彼自身が殺される可能性は大いにあった。それでも危険を冒してまで助けに来てくれた。あたしたちのことを最初の段階で切ったけれど、それはできるだけ多くの仲間を守り、少しでも生存率を上げるためだったんだと、今ならよくわかる。

「末広君、逃げ切れてるといいわね」

「そうだな。だけど今は人の心配をしてる時間はないよ」

「うん……どこに逃げればいいの、あたしたち」

「さっき、由宇君と行った場所はどうかな。吉田さんを殺したのが五木さんじゃないなら、場所は割れてないってことだろ？」

「五木さんは知らなくても、由宇君が来るんじゃない？」

「あ、そうか……」

　修一は少し考えて、「だったら、自分たちでも隠れ家を作ればいい」と言った。

「そっか。そうだよね。やっぱり修ちゃんって頭いい！」

海岸は隠れるところがないので、また森に入るしかない。どこから狙われるかわからないから、修一の後にくっついて慎重に進む。腰を落として、ゆっくり歩いた。

森の中は月明かりが遮られ、ぼんやりと木々の輪郭がわかるだけだった。静かで、何も聞こえない。バイクの音も、エアガンの音も一切しない。二人はどこで戦っているんだろう。それとも、もう決着はついたんだろうか。どうかどうか、末広が勝っていますように。

由宇が隠れ家にしていた場所から、あえて反対の方へ進んでいく。サイズの合わないマリンシューズは歩きにくく、しばらくすると疲れてしまった。

「修ちゃん、あたし、もう歩けない」

「僕もへとへとだ。いったんここで休もう。草むらに隠れられるし、ちょうどいい。これを敷いて横になろう」

修一が抱えていたマットレスを草の上に広げた。すっかり空気が抜けてレジャーシートのようになっていたので、良い具合にスペースが確保できる。

「さすが修ちゃんね」

あたしは早速、そこに寝そべった。ごつごつしているが、贅沢《ぜいたく》は言っていられない。横になったとたん、急激に空腹と疲れが襲ってきた。

「これからどうすればいいのかしら」

「実はさ……ちょっと思いついたことがあるんだ」修一が、あらたまってあたしの隣に腰を下ろす。「ただ、それには莉々子の協力が不可欠なんだよ」

「なあに？」

「あのさ……莉々子は美人でスタイルがいいだろう？」

「やだ修ちゃんたら、こんな時に何よ」

「莉々子は日本で最高に……いや、世界で最高にきれいだよ」

「んもう、急にどうしちゃったの？」

こんな状況でも、修一に褒められるのは嬉しかった。いや、こういう状況だからこそかもしれない。愛されているということをいつも以上に実感し、満たされる。

「だから何と言うか……今こそ、莉々子の美しさを利用したらいいと思うんだ。っていうか、利用すべきだと思う。それしか僕たちが生き残る道はないんだよ」

「美しさを利用って……どういう意味？」

「つまり……〝女の武器〟を使うんだ。わかるだろ？」

「女の……武器？」あたしは首をかしげる。「涙ってこと？」

修一が困惑して眉を寄せたのが暗闇の中でも分かった。

「涙っていうか、その……」

「あたし、修ちゃん以外の男の人の前で涙を見せるのはイヤよ」

口ごもっている修一に、あたしはきっぱり告げた。

「女はね、好きな男の前でしか涙なんて見せないの。だからあたしが泣くのは修ちゃんの前だけ。こんな島で、しかもバトルロワイヤル中に他の男に弱みを見せたら、あたしに隙があると思われちゃうわ。あたしを修ちゃんから奪おう、なんてよこしまな考えを持つ男が出てくるかもしれないでしょ」

「う……うん。でも、そしたら五木さんも由宇君も攻撃をやめてくれるかも。食料だって分けてくれるかもしれないし」

「やめてよ。あたしは修ちゃんのものでしょ？　修ちゃんはいやじゃないの？」

「いやに決まってるよ。だけど仕方ないだろ？　別に死ぬわけじゃないし」

「ばか！」

思わず修一をひっぱたいた。

「なに考えてんのよ、死ぬよりひどいわ！　あたしが愛してるのは修ちゃんだけ！　修ちゃん以外に涙なんて見せないんだからね！」

わあわあ泣いたら、慌てて謝ってくれると思った。だって最低な発言だもん、許せない。だけど修一はぎゅっと口を引き結んで、あたしを睨みつけた。

「じゃあどうすれば生き残れるんだよ。アイデアがあったら教えてくれよ。僕に頼ってばかりのくせに」

いらいらした口調で吐き捨てると、修一はあたしに背を向けて寝転んだ。あたしは、わざと大きめにしゃくりあげてみる。けれど修一はこちらを向いてもくれなかった。

「修ちゃん……？」

どうしたんだろう。様子がいつもと違う。そうっと背中に手を伸ばしたら、肩で振り払われた。

「修ちゃん、ごめん。修ちゃんだって、こんなこと提案するのは屈辱だったよね。だけどそれほど追い詰められてたのよね。辛いこと口にさせちゃってごめん。あたしも、なにか良い方法を考えてみるから。ね？」

修一は黙っている。

「絶対に二人で一緒に東京に戻ろう？　予定通りに結婚式も挙げようね。素敵なおうちに住んで、子供も産んで、絶対に修ちゃんと幸せなハッピーライフを送るんだから」

「幸せとハッピーは同じ意味だろ。そんなことも知らないのかよ」

舌打ちが聞こえた。

修ちゃん、どうしちゃったんだろう。ずっとあんなに優しかったのに。

お腹もすいてるし、眠れてないし、疲れてるよね。それなのにあたし、困らせちゃった。負担ばっかりかけちゃってた。ごめんね、ほんとうにごめん。

考えなくちゃ。五木さんと由宇君をやっつける方法。吉田さんが鏡を使って火起こしの方法を教えてくれたみたいに、メイクボックスが思いがけず役に立つかもしれない。

あたしはぼろぼろになったメイクボックスを開けて、リップグロスやマスカラなどを吟味していく。眉毛切りのはさみは役に立ちそうだ。ものすごく小さいけど、しっかりと先端は尖っている。ペンシルシャープナーも使えるかもしれない。近くにあった大きな石でシャープナーを思い切り叩くと、プラスチック部分が割れて刃の部分だけを取り出すことができた。割れてしまった鏡だって刃物代わりになる。むき出しだと危ないから葉っぱで包み、パンツのポケットに入れた。アイライナーやアイブロウのペンシルだって凶器として使える。

メイクボックスの仕分けをしているうちに、修一の寝息が聞こえてきた。いつもはたくましい背中が、痩せて頼りなげに見える。

ママが言ってた。男の人って、本当は甘えん坊で寂しがり屋で、弱虫なんだって。だから時々、思い切り甘やかしてあげないといけないって。母性で優しく包みこんで、守ってあげないといけないって。

修ちゃん。

あたし、ばかだけど、修ちゃんのこと心から愛してるから。

だからあなたのこと、必ず守る。

絶対に絶対に、あたしが守ってあげるからね。

そうだ。棒を尖らせたら槍を作ることができる。あたしは早速、できるだけまっすぐな枝を探して、先ほどシャープナーを割った石で先端を削り始めた。なかなかうまくいかなくて、手はすりむけて血だらけになり、ネイルのラインストーンは取れ、爪の間には泥や木くずが詰まった。だけどあたしはひたすら手を動かし続ける。

これまであたしは、常に美しくいることが修一に尽くすことだと信じてきた。だけどこの島では違う。あたしは五木や由宇を殺すために、強くならなくちゃいけない。

じっとりと湿った、強い風が吹いた。木々は怪物のような咆哮をあげ、あたしに襲いかからんばかりに激しく揺れる。

だけどあたしはもう、怖いとは思わなかった。

7. 末広

どれくらいの時間がたったんだろう。

森の奥深くで俺は息を殺し、じっと身を潜めていた。木々の間から見える空は、薄いだいだいと紫を混ぜたような色をしている。早朝なのか、夕刻なのか——それすらもわからない。

砂浜で五木にバイクで体当たりし、森へ逃げ込んだのは夜だった。森の中は道が悪くて走れないから、すぐさまバイクを草むらに隠して奥へ進んでいった。五木はわめき、エアガンを撃ちながら追いかけてきた。夜の森は真っ暗で何も見えない。だからこそここへ逃げたのだったが、五木は音から判断しているのか、かなり正確に撃ってきた。ぎりぎりで当たらなかったものの、明るければやられていただろう。

できるだけ音を立てず、ひたすら前を目指した。だんだんと五木の弾が違う方向へ行くようになり、草木を掻き分ける荒々しい音が遠のいていく。俺のいる場所とは逆の方角へ進んでいったようだった。

安堵した途端、その場にへたり込んだ。もう動けなかった。そしてそのまま眠りに落ちた。

目を覚ますと太陽がのぼっていた。明るい間は下手に動かない方がいい。葉っぱに溜まった朝露をすすり、手の届く範囲でカエルやトカゲを捕獲し、焼いて腹ごしらえをした。火を使っても目立たない昼のうちに栄養を摂らなければならない。

常に気が張ってはいるが、いつの間にかうとうとし、慌ててハッと起きて、またうとうとする……を繰り返している。いったいどれくらい経ったのか。朝か夕か。時間の感覚がわからない。無精ひげの感触から、二日は経っていないと思うが……。

——ハッとして目を開ける。また眠ってしまっていた。空はまだだいだいと紫のグラデーションだ。少ししか眠っていないのか、それとも丸一日か？　周辺の葉を見る。露は溜まっていない。あれから時間が経っていないからか。それとも経ちすぎて蒸発したのか、どっちだ？

時間がわからないことが、これほど不安をかき立てるとは。

　喉がからからだ。這いつくばって、里芋の葉っぱがたくさん生えているところへ行った。茎を噛み砕き、汁を吸う。しかしこれだけでは足りない。これから夜になるなら、オレンジやヤシの実を調達に行ける。だけど今から日がのぼるのなら、厳しい。

　空腹と脱水症状で頭がもうろうとする。わずかな食料と水分、朝夕の寒暖差、疲労、緊張……自分の体は、いったいあとどれくらい保つだろうか。極限に近づいているのを感じる。

　自分が弱る一方で、修一と莉々子を狙っていた五木は、かつてないほど生き生きしていた。小太りだったシルエットは筋肉質に見え、月明かりの下で銃を構える姿は、まるで戦争アクション映画のヒーローのようだった。

　五木は食料を持ち込んでいなかったはずだ。川上を殺してアイテムを手に入れたはずだが、川上も食料は持ってきていなかった。体形的に多少食べなくてもやり過ごせるのかもしれないが、エアガンで鳥を撃ち殺してしっかり肉を食べているのかもしれない。川上から奪った釣り道具で魚を手に入れている可能性もある。いずれにしても、今の自分よりは元気だろう。

　どうしてこんなことになったんだ。五木が川上を殺してから全てがおかしくなった。何もしなければ、天野医師の提案通り、みんなで死体のふりをしてマスターを騙し、本土に戻れたはずなのに。

　十億がほしいのか？　金が五木を変えたのか？　いや……それだけじゃない気がする。五木からはバトルロワイヤルをやり遂げることに、異様なほどの情熱を感じる。

またまぶたが重くなってきた。これは夢だと頭のどこかで理解しながら、夢を見ている。

「アイランド」でみんな笑いながら酒を飲んでいた。マスターもいつもと変わらない調子で冗談を言いながら酒を作り、つまみを出している。俺の隣には五木がいて、ゼミのレポートに苦戦している俺に色々なアドバイスをくれる。五木も経済学部、しかも国立大学出身だと知って驚いた。参考になりそうな本もたくさん貸してくれた。本を返す時に感想を互いに言い合うのも楽しかった。そうだ、俺は五木を尊敬していたんだ。

「アイランド」に通い始めたのは、たまたま一人暮らしのアパートの近くにあったからだ。アウトドアサークルで楽しくわいわいやりながらも、キャンプで寝食を共にする濃密な関係に疲れることもあり、大学の人間関係から離れたところに行きたかった。たまたまヤシの木が描かれた「アイランド」の看板に惹かれて、少しドキドキしながらドアを開けた。

「いらっしゃい」とマスターがにこやかに迎えてくれて、川上が「ご新規さんやんか」と嬉しそうに自分の隣を勧めた。修一、莉々子や吉田も笑顔で迎えてくれる中、五木だけが「ちょっと待って。すごく若いけどまさか未成年じゃないよね。身分証を見せて。公務員として未成年の飲酒は見逃せないから」と厳しい顔で言い、みんなが笑った。俺が学生証を見せて無事に酒を出してもらうのを、由宇が撮影して自分のチャンネルにアップしていた。

楽しかった。新幹線の通っていない田舎から出てきた俺にとって、東京の大学は刺激的で一人暮らしも自由気ままだったけど、時々無性に寂しくなる夜があって。そんな時に必ず開店してるバーが近所にあって、行けば必ず常連の誰かがいる。「アイランド」と常連仲間は、心のよりどころだった——

目が覚めて現実に戻り、深く絶望する。ああ、マスター、なんでこんなことをしたんスか。どうして殺し合わなくちゃいけないんスか。五木が積極的である限り、絶対に彼を殺すことでしか、この異常なゲームは終わらない。

辺りは薄暗くなりかけている。よかった、これから夜なのだ。もう少し暗くなったら動こう。

——と、数メートル離れたところで木々が揺れた。思わず息を止める。その揺れが少しずつ近づいてくる。五木か？　ナイフを構えた時、「末広君？」とささやくような声が聞こえた。

「由宇さん？」

「俺だよ、由宇」

俺も小声で返す。少しすると、這いつくばって近づいてくる由宇が見えた。

「はー、疲れた。やっと着いた」由宇は体を起こすと、俺の向かいにあぐらをかいた。「まだ完全に暗いわけじゃないからさ、ここまで無事に辿り着けるかビクビクしたよ」

「ってか、どうやってここがわかったんスか」

見つかりにくい場所だと思っていた。が、由宇に見つかったのなら、五木にだって見つかる可能性がある。

「ああ、これが役に立ったんだ」

由宇がリュックから取り出したのは双眼鏡だった。天野医師のアイテムだ。

「末広君が五木に体当たりしたところから、ずっと見てたよ。森の中に入ってからもずっと追ってた。暗視機能もついてるし、ものすごく良く見える。朝になっちゃったから明るい間は大人しくして、やっと暗くなったから来たってわけ」

「なるほど……あれ、てことはまだ一日も経ってないってことっスか？」

「そうだよ。見てみな」

由宇がカメラを胸ポケットから出し、画面を見せる。日付と時間が表示されていた。

「ホッとしました。時間の感覚がわからないと不安で」

「だろうね。あ、そうだ、ヤシの実あるよ、飲む？　喉が渇いてるんだろ？　里芋の茎とか齧《かじ》ってたくらいだから」

「ずっと見てたんスか」

「まあ十分おきくらいにね。だってどっか行っちゃったら合流できなくなるじゃん。一応、修一君と莉々子ちゃんの居場所も把握してる」

「よかった、無事だったんスね。あれからどうなったか、気になってたんで」

由宇がリュックの中からヤシの実を出して渡してくれた。石とナイフを使って皮に穴をあけ、ありがたく飲んだ。たっぷり入っていたが一瞬で飲み干す。やっと生き返った心地がした。

「助かりました。お礼に、カエルとトカゲ食べます？」

「いや、いらない」由宇が苦笑する。「俺、肉あるし。そうだ、よかったら食べなよ」

由宇が、リュックからラム肉とローストビーフを出し、ナイフで切ってくれる。二種類とも、けっこう大きな塊を手渡された。

「こんなに？　いいんスか？」

「うん。体力つけとかないと」

「あざっす」

久しぶりに食べる肉は、震えるほど美味かった。爬虫類のパサついた肉質とは違う、ジューシーな甘み。あっという間にたいらげる。

「うまかったっス。たくさんいただいちゃってすみません」

「いいんだよ。天野先生と吉田さんのをもらったから」

「あれ、そういえば吉田さんは？　一緒じゃないんスか」

「……実は死んだんだよね」

「え！　五木に殺されたんスか？」

「うーん、まあ、そんな感じかな」

「そんな……」

ショックだった。吉田とは、後味の悪い別れ方をしたままだ。どうしてあの時、吉田と別行動をしてしまったんだろう。もしも一緒にいたら助けられたかもしれないのに。胸が痛む。

「由宇さん、修一さんと莉々子さんの居場所も知ってるんスよね」

「うん」

「じゃあ二人のところに行きましょう」

「え、なんで？　そんな必要、なくない？　あいつら、足手まといじゃん」

「吉田さんを突き放さなかったら殺されなくて済んだかもしれないと思うと、申し訳なくて。もし修一さんと莉々子さんにも何かあったら、絶対に後悔するから」

「うーん……でもなあ」

　どういうわけか、由宇がずいぶん渋っている。確かに二人はトラブルメーカーだ。関わりたくないという気持ちもわかる。

「由宇さんの気が進まないなら、俺ひとりで行きますよ。場所さえ教えてくれれば――」

「いや……わかった。一緒に行く」

「いいんスか？」

「うん」

　気乗りしない様子ながら、由宇は道案内をしてくれた。十五分ほど歩くと、草むらの中からぼそぼそと話し声が聞こえてくる。怖がらせないように「修一さん、莉々子さん、俺っス、末広です」と声をかけてから顔をのぞかせる。二人は作業をしていたらしく、手元から視線をあげると、パッと笑顔になった。

「末広君⁉」

「よかったわ、無事だったのね！」

二人は両手に木の枝と石を持っている。周りには先端を尖らせた枝が、数本転がっていた。

「え、なんスか、槍？　声かけてよかった。でないとぶっ刺されてましたね、俺」

「あたしが作ろうって言い出したの。少しは何かの役に立つかもって」

石で削ったにしてはしっかり先端は尖り、なかなか本格的だ。感心しながら座った俺に、修一と莉々子があらたまったように頭を下げた。

「助けてくれて本当にありがとう」

「末広君がいなかったら、あたしたち殺されてたわ——あら？」

莉々子の表情が、俺の背後にいた由宇に気づくと一転して険しくなった。

「由宇君、なにしに来たの？　どうして末広君と一緒にいるのよ」

莉々子と修一が素早く立ち上がり、槍を由宇に向ける。

「え、ど、どうしたんスか」

「末広君、騙されちゃだめだよ。天野先生と吉田さんを殺したのは由宇君なんだ。その上、僕と莉々子も殺そうとしたんだから」

驚いて由宇を見た。由宇はふてくされたような表情をしている。

「末広君のことも殺そうとしてるんだわ、絶対」

「うっせーな、違えよ」

「それ以外に一緒にいる理由なんてないでしょ」

　莉々子がさらに槍を近づけると、由宇が両手を挙げて後ずさった。

「マジで違うって。昨日は悪かったよ。謝るから話を聞いてくれよ」

「信じるはずないだろ」

　修一が槍を由宇の喉元に突き付ける。

「ちょ、ちょっと待ってください」

　俺は慌てて修一と莉々子を制して、由宇に向き直った。

「由宇さん、本当に天野先生と吉田さんを殺したんスか？　修一さんと莉々子さんのことも狙った？」

「……まーな」

　愕然とする。誤解なんかでなく、まさか事実だったとは。

「末広君、由宇君がくれる物は口に入れちゃだめよ。あたしと修ちゃんは、毒入りの魚で殺されそうになったんだから」

　どきっとする。ヤシの実をもらって飲んだ。肉も分けてもらった。硬いヤシの実には仕掛けなどできないだろうが、肉には簡単に毒を仕込めるだろう。顔面蒼白になりかけた時、

「末広君、安心してくれよ。なんも入れてねーから、マジで」

と由宇が言った。そして突然地面に這いつくばると、手をついて頭を下げた。

「莉々子ちゃん、修一君、本当にごめん。確かにあの時は二人を殺そうとした。だけどもうしない。お願いだから話を聞いてほしい」

「よくそんなしらじらしいことが言えるわね」

莉々子は憤慨している。当然だろう。俺だって頭にきていた。吉田と俺が天野医師の死をめぐって互いに疑心暗鬼になったのは、由宇のせいだ。その結果、吉田と由宇を二人きりにしてしまい、みすみす殺させてしまった。最悪じゃないか。

「やっぱ俺を殺すために来たんスね」

「違うんだってば」由宇は顔をあげた。「俺が来たのは、一緒に五木を倒そうと思ったからだよ」

修一と莉々子、そして俺は顔を見合わせる。

「騙そうとなんてしてないよ。俺一人じゃ五木を倒せないだろ。だけど末広君となら何とかなるかもと思って、相談に来たんだ」

「絶対に嘘に決まってる。騙されるなよ、末広君」

修一の槍の先端が、再び由宇に近づく。

「マジだってば。なあ末広君、信じてくれよ。さっきあげた肉、毒なんて入ってなかったっしょ？」

「……まあ確かにそうみたいっスけど。でも、それも罠で、油断させようとしてるのかもしれないし」

「罠じゃねーから。つーかさ、末広君は、一人で五木を殺せると思う？」

俺は思わず黙り込む。

「ぶっちゃけ、修一君と莉々子ちゃんは戦力外だろ。実質は末広君一人で戦うことになるよね。でも一人じゃ絶対に無理だと思うよ。俺一人でも、もちろん難しい。なんせ五木は飛び道具を持ってんだからさ。だけど俺と末広君の二人なら……おそらくいける」

確かに、可能性はぐんと上がるだろう。修一と莉々子も、口を挟まずに耳を傾けている。

「確かに、天野センセと吉田さんを殺したってことは隠し通すつもりだった。でないと協力してくれないだろうからさ。でもバレちゃったし、もうこれで隠しごとはない。末広君、頼むよ。生き残るには、二人で組むしかないんだって」

俺はしばらく思案した後、言った。

「……わかりました。組みましょう」

俺の言葉に、由宇はガッツポーズをし、修一と莉々子は目を吊り上げた。

「末広君、あたしたちの言ったこと理解してた⁉　こんな奴と組んじゃだめだってば！」

「いや、組みます。これからこの四人で行動しましょう」

「末広君……！」修一も顔を真っ赤にして怒っている。「ちょっとこっちへ来て。三人で話そう」

修一と莉々子は、由宇から離れたところに俺を連れて行った。

「どうしちゃったのよ。目を覚まして。由宇君とは離れないと」

「そうだよ。もう二人も殺してるんだよ？　僕と莉々子も死んでたかもしれない」

「いや、仲間に入れます」

「末広君、きれいごとを言ってる場合じゃないのよ」

「きれいごとなんかじゃないスよ。最悪のパターンは、このグループに入れなかった由宇が、五木と組むことです」

「あ……」

修一が目を見開く。

「五木と由宇の二人組、対、こちらの三人。どっちが勝つかはわかりますよね」

修一と莉々子は黙ってうなずいた。二人が納得してくれたところで、由宇のところへ戻った。

由宇はさぐるように俺たちの表情をうかがっている。

「あなたを仲間に入れることになったわよ」

不本意であることを隠さない口調で、莉々子が言った。

「おー、やったね。ま、お互いにウィンウィンっつーことで」

ふてぶてしい人を食ったような態度に、莉々子はまたムッとしたようだった。

「ねえ、由宇君って、そんな子じゃなかったわよね？　どうして二人も殺したりしたの」

「しょうがねえだろ。俺なんてユーチューバーとしてくすぶってて、金もなくてさ。そもそもユーチューブ自体がオワコンとか言われてる時代だし。このままじゃあどうせ人生終わりだよ。だけどここで生き残れば十億も手に入るし、億万バズは確実じゃんか。ハリウッド映画化も夢じゃない、ネトフリで連続ドラマ化、世界配信もあるかもね。そうなるためには、俺が一人で生き残んなくちゃインパクトが足りねえんだよ」

「やっぱり一人だけで生き残る気なんじゃないか」

修一が憤慨するのを、莉々子が冷静に止める。

「それが本音ね。よくわかった。由宇君と組むなら、五木をやっつけた後も、あたしたちを殺さないっていう確証が必要だわ。あたしにアイデアがある。みんなで戻っても、ひとりで生き残ったって言ったらいいのよ。どう？　それなら満足でしょ」

「へ？」

戸惑う由宇の前で、修一が大きく頷く。

「そうか、そうだよ由宇君。俺たちは家に戻れさえすればいい。由宇君が唯一の生存者ってことで構わないよ」

由宇は黙っている。損得を考えているようだ。

「でもよぉ……四人で戻ったら、一人あたま二億五千万になっちまうじゃん」

「それだって十分じゃないスか」

「俺はヤなんだよ」

「それならあたしと修ちゃんの五億をあげる。由宇君はトータルで七億五千万もらえるわ」

修一が一瞬、不満げな表情をしたが、すぐに頷いた。

「そうだね、僕もそれでいいよ。由宇君が僕たちを殺さないと約束してくれるなら」

「うーん……でもなあ」

「それでも足りないなら、パパから残りの二億五千万を用意してもらう。これで十億――文句ないでしょ」

由宇がにやりとする。

「そういうことなら文句なし。オッケー」

「交渉成立ね。これで安心して由宇君と組めるわ」

そんな簡単に莉々子の父親は二億五千万円を出してくれるのだろうか。そもそも父親に頼んだ時点で、一連のことは警察に通報されて賞金どころではなくなる。だが莉々子は島に取り残された直後にも父親から金を出させると言っていたし、これまでの金満家的なふるまいから、本当に用立ててしてくれると錯覚しそうにはなる。俺ならそんな不確かな話には乗らないが、ユーチューブで配信して儲ける、と豪語するくらい単純な由宇には効いたのだろう。

おそらく莉々子だって不確実なことは重々承知だ。そのうえで、この交渉を切り出してきた。案外策士であることに驚く。

「じゃあ次は具体的に、どうやって五木をやっつけるかを考えないとっスね。まずは居場所を捜すことからだけど――」

「あ、俺、五木の居場所もわかってるよ」

由宇が片手を挙げた。

「マジっすか?」

「たりめーじゃん。ええと」

由宇が双眼鏡をのぞきこみ、東の方を向いた。木々に視界を遮られて見えないのか、舌打ちしながら場所を変えている。何度かの移動の後、やっと「ああ、いたいた」と言い、俺に双眼鏡を渡してくる。覗いてみると、確かに五木の姿があった。この双眼鏡はスケールがついているタイプで、おおよその距離を測ることができる。それによると、だいたい三キロほど先だ。大木にもたれて座り、警戒するように辺りを見回しながら、焚き火で魚をあぶっている。

「場所はわかったとして……どう攻撃するかっスね」

「実はさ、かなり勝算はあるんだよね」

由宇は自信たっぷりだ。

「え、そうなんスか」

「まあ、見ててみ」

焼けたのか、五木は魚の刺さった木の串を片手で取る。ふうふう息を吹きかけ、かぶりついているが、どうも体の動きが硬い。よくよく見ると、左腕に黒いバンドのようなものを巻きつけて固定している。エアガンのスリングだろうか。動かすたびに痛むようで、顔をしかめていた。

「もしかして……怪我してんスか？」

「そ」

さらに眺めていると、五木の右足はあぐらをかいているのに、左足はまっすぐ投げ出している。添え木がされているようだ。

「足も痛めてんだよ。末広君のおかげだね。バイクで体当たりしてくれたから」

なるほど。これは確かに勝算ありかもしれない。

「ただ、片手でもエアガンを撃てるかもしれないし、日本刀だって振り回すことはできるだろ？　油断はできないよ。だから俺と末広君とで協力し合う。一人が押さえつけて、もう一人が殺《や》っちまえば確実だと思うんだ」

そのアイデアには賛成だった。むしろ、それしか方法はない。そして急襲するなら今がチャンスだ。時間が経つにつれ、怪我の痛みはおさまってしまうかもしれない。俺と由宇は、すぐに行動することに決めた。

暗くなりすぎると移動しにくいので、完全に日が落ちてしまう前に五木の居場所へ出発した。修一と莉々子は、隠れ場に置いてきた。四人で行動しては目立つ。だから俺と由宇の二人だけで、そろそろと進んだ。いよいよ目視できる距離まで来ると、緊張で口の中が干上がった。五木からあと十メートルほどのところで止まり、いったん藪《やぶ》の中に待機して様子をうかがう。手負いなのでより警戒しているのだろう、不自由ではない方の手にエアガンを持ち、スリングで固定してある方の手に日本刀を握りしめたまま、大木にもたれて座っていた。が、よほど痛いのか、息をするたびに呻《うめ》いているようだ。

ぎりぎりまで距離を詰めたら合図で同時に飛びかかり、俺が五木の体を押さえつけて武器を奪い、由宇がナイフで刺す、という作戦になっていた。五木が眠っているのか、体を休めているだけなのか、わからない。由宇が用心深く奇襲するタイミングを見計らっている。

根気よく待つこと三十分以上。あ、と由宇が小さな声をあげた。

「やっぱ俺、一人で行くわ」

「なんで。危ないっスよ」

「へへへ。よく見てみ」

改めて見ると、五木の手からエアガンと日本刀が完全に離れ、地面に転がっている。

「ぐっすり眠ってるから末広君が五木を押さえつける必要ないし、なんならナイフも不要。エアガンをぶっ放してやるよ」

由宇は胸ポケットのカメラがオンになっているかを確認すると、ぐっと親指を立てた。

「俺一人でやっつけるチャンスっしょ。これを逃したらユーチューバーとして失格だよね。んじゃ、ぶちのめしてくるから」

俺に双眼鏡とナイフを託すと、由宇は草むらを這って進んでいった。俺は急展開にぽかんとしていたが、慌てて我にかえる。

由宇はゆっくりゆっくり、音を立てず、慎重に匍匐《ほふく》前進を続ける。五木のいる場所まであと三メートル、あと二メートル、あと一メートル……じりじりと近づいていくにつれて、こちらの緊張も高まってきた。

本格的に眠りに落ちたのか、ピクリとも動かない。だけど、急に目覚めないとも限らない。

――由宇さん、油断しないでくださいよ。

心の中で呼びかける。

いよいよ五木のもたれる大木までたどり着く。由宇がそうっと体を起こし、中腰の姿勢になった。俺の心臓はばくばくしている。由宇の手がゆっくりとエアガンに伸びた。その瞬間、五木が少し動いた。

由宇は慌てて手を引っ込め、大木の後ろに隠れた。俺も思わず息を詰める。緊迫した時間が流れたが何も起こらない。由宇は安堵した表情になり、ふたたびゆっくりとエアガンに手を伸ばす。

頼む。今度こそ。

祈る俺の視界に、由宇の手がエアガンをしっかりつかみ、慎重に引き寄せる様子が映った。銃床を肩にあてて五木に狙いを定めると同時に、足で地面に転がる日本刀を遠くに払う。

やった！

日本刀が転がる音で目が覚めたのだろう、五木がハッと目を開けた。目の前に銃口があることに驚愕している。

「ゆ、ゆうくん……」

立ち上がろうとして転び、慌てふためいて日本刀を捜している。手元にないことに、理解が追い付いていないようだ。

「ちょ、ちょっと待ってくれよ。な？　落ち着いて。話し合おう」

武器もなく、手足も痛めているので逃げられもせず、反撃もできない。この時初めて、五木の顔に恐怖が浮かんだ。

「僕と二人で生き残ろう。賞金は五億ずつ。悪い話じゃないだろ」

由宇は返事のかわりに、銃口をぴったりと五木の額につける。その目は歓喜と優越感できらきらしていた。

「僕と由宇君が組んだら怖いものなしだ。サクッと末広君と修一君と莉々子ちゃんを殺そう。

そしたら三日後には家に帰れるんだよ？」

「こっちはテメーと組むメリットなんて一ミリもねーんだよ、クソが。さんざん俺の邪魔しやがって」

「わ、わ、わ、わかった。じゃあエアガンはあげるからさ。それで許してよ」

「テメーを殺したら、どうせ俺のもんになるっつーの、ばーか」

五木は涙を浮かべている。絶体絶命であることを受け入れられないのだろう、必死で「頼む」「考え直してくれ」と命乞いをしている。

「もう何を言っても無駄だよ。じゃあなオッサン」

由宇が笑い、引き金を引いた。五木がぎゅっと目をつぶる。

——が、何も起こらない。

「あれ？　あれ？」

何度も引き金を引くが、すかすかした音が出るだけだ。五木が目を開け、にかあ、と満面の笑みを浮かべた。

「ざーんねーんでーした！　バッテリーを抜いてたんでーす」

五木が素早く立ち上がり、由宇に体当たりした。由宇は目を見開いて硬直している。俺には何が起こったのかわからなかった。五木が離れる。その手には血に染まったナイフがあった。

由宇の腹部が真っ赤になっている。

「もおー、詰めが甘いなあ。僕がエアガンと日本刀以外にも、武器を持ってるってこと忘れちゃダメじゃん。川上さんからもらったナイフがあるでしょ、まったく。で、どう？　ナイフで刺される感じは。あれから吉田さんの遺体を見に行ったんだけど、由宇君もこうやって吉田さんを殺したんでしょ。ちょっとした意趣返しになったね」

愉快そうに笑う五木の前で、由宇がくずおれる。

「みんな警戒して砂浜に出ないで、森に隠れるようになっちゃったんだもん、どこにいるか全然分かんなくなって困ったよ。こうなったら油断させて、逆に近づいてもらうしかないなって思って。あー、怪我してるふり、疲れたー。悪いけど、ポケバイにぶつけられても、何ともなかったんだよね」

五木は腕を縛っていたスリングと、足にはめていた添え木を外し、体をほぐすように軽く飛び跳ねた。

「実戦では、相手がなんのアイテムを持っていて、それをどうやって使うつもりかをじっくり分析予想しなきゃ。僕は由宇君が双眼鏡を手に入れたから、索敵――あ、サバゲーでよく使う言葉で、敵を捜すって意味なんだけど、それに使うだろうなって踏んだ。だから近づいてもらうために、怪我をアピールして、眠りこけたふりしてわざと武器を落としたんだ」

地面に転がり、苦しげに腹を押さえている由宇が、五木を悔しそうに見上げた。

「テメー……ずっと起きてたのかよ」

「当たり前じゃーん。公務員の得意技、たぬき寝入り！　由宇君が近づいてきた時は、笑いをこらえるの必死だったよ」

「くっそぉ……ふざけやがって」

「あ、そうだ。今、撮影してる？　してるよねぇ」

五木は鼻歌を歌いながら、由宇の胸ポケットからカメラを取りだした。

「てってれー。五木はカメラを手に入れた」

五木はレンズに向かって右手を上げるポーズをすると、それ以上は興味がないのか、尻のポケットに突っ込んだ。

「他のアイテムは……あれ、これだけ？　リュックどこ？　置いてきたのかー。あーあ、双眼鏡と肉とナイフ、欲しかったのに」

五木は由宇のシャツやズボンのポケットを一通りさぐるとため息をついた。

「まあ仕方ないか。末広君を殺すのは手ごわそうだけど、今あるアイテムでまかなうしかないね。末広君さえ始末すれば、あとは雑魚《ざこ》キャラふたりだし、せいぜいゲームをエンジョイさせてもらうかな。日本刀は刃こぼれがこわくてまだ使ってないけど、女性の肌だったら柔らかそうだし、楽しみだなあ。さて、と」

五木はてきぱきとスリングをエアガンに装着すると、由宇の隣に背を向けるようにして地面に寝転んだ。由宇の両腕を引き寄せて自分の肩に回し、そのままうつ伏せになって由宇の全身を自分の背に乗せる。それから足を踏ん張って立ち上がった。

「これ、動けなくなった人をひとりでもおんぶできる方法。役所の防災訓練で習ったんだ。さあ砂浜に運ばないとね」

機嫌よく鼻歌を歌いながら、落ちていた日本刀を拾い、歩き始める。五木の背で、由宇はぐったりと揺れていた。気を失っているのか、死んでいるのかわからなかった。

五木が意気揚々と砂浜に向かって前進していく。鼻歌が遠のき、聞こえなくなっても、俺は動けなかった。

震えていた。体力といい知識といいメンタルといい、化け物だと思った。五木は戦闘するために生きている。この状況を心から楽しんでいる。きっと二人で襲いかかっても、勝てなかっただろう。

五木は本当にヤバいやつだった。勝てっこなかった。勝とうと思ってはいけない相手だった——。

しばらく放心状態で座り込み、やっと我を取り戻して砂浜へと向かった。そうだ。まだ由宇が死んだとは限らない。助けられるかもしれない。

五木がいないことを確かめ、砂浜に横たわる由宇らしき人影に向かって走り寄る。だが、かすかな期待は虚しく、由宇の体はすでに冷たくなっており、心臓はことりとも動いていなかった。

無力感に襲われながら、すっかり暗くなった森を抜けて修一と莉々子のもとへ戻った。俺の姿を認めると、ホッとしたような顔で二人が迎えた。

「よかった！　おかえり」

「心配してたのよ。やったのね！」

修一と莉々子は、俺が五木に勝ったからこそ戻ってこられたと思っているのだ。が、俺の背後に由宇がいないことに気づいて、二人の笑顔がこわばっていく。

「――やられました」

莉々子が口を押さえ、修一が息をのむ。俺は何が起こったかを順を追って話した。全て五木の罠だったこと。沈黙が落ちる。生暖かい風が、不気味に木々を揺らした。

「じゃあ、もうこの三人でやるしかないのね」

莉々子が決意したように口を開いた。やる気になってくれるのはいいが、戦力になるかは別問題だ。修一も頼りない。そういう俺だって、どこまでできるかわからなかった。こんな時こそ由宇の、人を殺してでも生き残ってバズらせてやるという強いマインドが欲しかった。

だけど、由宇はもういない。この三人で五木に立ち向かうしかないのだ。

「とりあえずは交代で睡眠を取りましょう。体力を温存しておかないと」

俺が言い、まずは莉々子が寝ることになった。俺と修一は離れた場所で、少しでも多く武器を作ろうと、月明かりの下でナイフで枝を削り始める。

「実は折り入って相談があるんだけど」

修一が手を動かしながら口を開いた。

「末広君は、もちろんここから生きて帰るつもりだよね」

「あたりまえじゃないスか」

「でもさ……二人しか戻れないだろ？」

「いや、実は天野先生のアイデアがあって――」

「うん、由宇君から聞いた。だけど最初に戻れるのは二人だけってことに変わりはないだろ？」

ああ、と俺は察した。

「なるほど、先に莉々子さんと二人で帰らせてほしい――そういうことっスね」

「いや、その……」

修一は口ごもった。

「悪いですけど、さすがにそこまでお人好しにはなれないっスね。俺、みんなで帰るために体を張ってきたつもりです。それに、もしも五木を殺せるとしたら、この三人の中で俺しかいないでしょう。ぶっちゃけ、先に帰る権利はあると思うんスよ」

話しながら、自分のアパートを思い出した。築四十年の六畳一間のアパート。安普請で日当たりが悪く、駅からも遠い。だけど無性にあの部屋に戻りたかった。だらだらと惰眠をむさぼり、スマホゲームをし、くだらない動画を見て笑う生活がいとおしい。

「俺が先発隊の一人になるとすると、もう一人は修一さんか莉々子さん、どっちかってことになりますよね。莉々子さんがこの島に一人きりで残るってのは現実的じゃないだろうから、修一さんが残る線が濃厚なんスかね。まあそこは二人で話し合ってもらうとして、俺としては、ここまでやってきたのに先に帰れないってのは――」

「ちょ、ちょっとまって」修一が遮る。「誤解だよ。そうじゃないよ」

「もしかして、二人とも残るってことっスか」

　確かにそういう方法もありだな、と俺は納得して頷いた。

「どちらか片方だけが残るってのは微妙ですもんね。五木がいなくなったら脅威はないわけだから、食料さえ調達できれば二人でしばらくは生きられるんじゃないスか。アイテムは全部置いていきますよ。それに俺、戻ったらこの島の場所をなるべく早く特定して迎えに――」

「いやいや、それも違うって」

「え？」俺は首をかしげる。

「僕はさ、僕と末広君の二人で帰ればいいと思ってるんだ」

「……は？」

「莉々子のせいで、僕は理不尽な目に遭わされてきた。そもそもろくなアイテムを持ってこられなかったことも、そのせいでみんなのグループから外されたことも、全部莉々子の責任だからね。それに莉々子の為に苦労して貝や果物をとったりしたけど、全然手伝おうとしないし、我がまま放題だしさ。ここまで俺なりに守ってあげたつもりだけど、さすがにもう限界だよ」

「でも……俺と修一さんが先に戻ったとして、ぶっちゃけ、いつ島に迎えに戻ってこれるかわかんないんスよ？」

「わかってるよ」

「莉々子さん一人じゃ、何もできなくてすぐ死んじゃいますよ」

「だから、それもわかってるって」

「え、それじゃあ……」

気まずそうに修一は目をそらした。修一は莉々子を見捨てる気なのか。

修一が心から莉々子を愛していないのは、薄々わかっていた。それでも莉々子は悪い人ではないし、なんだかんだ仲良くやっているのだと思っていた。

「でも莉々子さんを無事に連れて帰ったら、修一さんに対する評価は爆上がりでしょう。お義父さんからお金もたっぷりもらえるんじゃないスか」

「いらないよ。末広君と戻って五億ずつもらえれば、もうそれ以上は望まない。五億で十分だし、莉々子と離れられるなら万々歳だ」

吐き捨てるように修一は言った。そんな修一を、俺は呆然と見つめる。

「とにかく僕と末広君で――」

「ストップ、もうそれ以上喋らないでください」

不快だった。ここまで自己中心的で醜い人間だとは思わなかった。

俺だって自己中心的だ。助かりたいし、真っ先に帰りたい。五億だか十億だか、もちろん金だって欲しい。

だけど俺はここまで腐ってないはずだ。修一はこんな男だったか？　それともマスターが、バトルロワイヤルというゲームが、この島が、そうさせたのか？

こんな男なら、昨日の夜、助けなければよかった。なんのために危険を冒して五木から救ったんだ。そして今、こんな男とでもチームを組まざるを得ない状況にも反吐《へど》が出る。しかも役に立つかは微妙だから、結局俺が五木に真正面から切り込んでいくことになるだろう。つまり俺が体を張るのだ。こんな男のために。ばからしかった。

――いや、と俺は思い直す。

修一がクソ人間で、却って良かったのかもしれない。助けられなかったとしても罪悪感を覚えなくてすむ。修一に危険が迫っていようが、もう昨夜のように身を挺して助けはしない。これまではずっとみんなで帰ることを目標にしてきた。だけど今後は自分の命を最優先にしよう、と心に決める。

「末広君、どうした？」

修一が俺の顔を覗き込んでいる。

「いや、なんもないっス。どうやって五木を倒そうかなと思って」

「まあ、僕たちには槍しか武器がないからね。これなら投げられるから一応、飛び道具ってことになるのかな。もちろんエアガンには敵わないけどさ」

「とにかく一本でも多く作って投げるしかないっスね」

黙々と削っていく。が、本当はきっと二人とも、槍だけでは大した武器にならないとわかっている。エアガンの射程圏外から投げたら、当たったって刺さるほどの威力は出ないだろう。つまりは気休めで作っているにすぎない。

射程圏外からでも槍を投げて殺すにはどうすればいいのか——考えながら、黙々と削る。雲で月が隠れ、手元が危ない。俺はナイフに付いているファイヤースターターで木くずに火をつけ、目立たないように小さな明かりを作った。その瞬間、ハッと閃いた。頭をフル回転させ、ひとつの作戦に行きつく。

「修一さん。俺、今からバイクを持ってきます」

真っ暗な森の中を必死で目を凝《こ》らしながら、音をたてないように、慎重に、そろりそろりとバイクを押して隠れ場に戻った。砂浜を思い切り飛ばしてみたいという単純な発想で持ってきたポケットバイク。森の中では走れないし、押して移動するには大変だし、お荷物になってきていた。だけどバイクは走るだけでなく、重要なアイテムでもあることに気がついたのだ。

「ガソリンがまだ入ってます。酒も、俺と天野先生の分を合わせて一リットル以上残ってる。足せば二リットル程度の燃料になります」

　小さな火を囲みながら、修一と、仮眠から目覚めた莉々子に説明する。

「燃料として使うのはいいアイデアだと思うけど、どんな風に武器として使うつもりなんだい？」

「まず、燃料をなんとかして五木に浴びせます。そのまま着火できればいいけど、近くでそんなことしてたらすぐ撃たれて殺されちゃいますよね。だから遠くからたいまつを投げるんスよ。火が燃え移ればいいから、当てるだけでいい。ガソリンもアルコールも液体そのものじゃなくて、気化した可燃性蒸気が燃えるんス。だからしっかり当たらなくても、体をかすめれば燃え移るはずです」

「それならあたしにもできそうだわ」

　莉々子が目を輝かせる。

「なるほど。同じ投げるにしても、槍を投げて突き刺すのは難しいからね。でもそれなら、先に五木に燃料をかけてから火をつけるんじゃなくて、火炎瓶を作って投げればいいんじゃないか？　酒瓶も二本あることだし」

「火炎瓶だと、もし外したら盛大に燃え広がるから、俺たちの行く手が阻まれて追えなくなる可能性があります。だから直接、五木に燃料をぶっかける方がいい。五木そのものを可燃物にするんです」

「そうか……確かに」

「ざばっと一気にかけられるように、ヤシの実の殻を容器にするのがいいっスね。一人が不意打ちで五木にぶっかける。あとの二人がたいまつを投げる」

「この方法なら、慎重に動けば絶対に勝てるわ」

「大切なのは、ガソリンをかけたらエアガンの射程圏外にすぐに逃げることっス。エアガンの射程圏外に出ないと危ないし、近ければ火に巻き込まれちゃうから。あと、この作戦は森の中でやらないと意味がない。火をつけても、海に入られたら終わりなんで」

「アルコールはともかく、ガソリンって水をかけても消えないんじゃなかったっけ。むしろ、水蒸気でさらに燃え広がるって習った気がするんだけど」

　修一が首をかしげる。

「大量のガソリンならそうかもしれないスけど、今回の燃料のうちガソリンはせいぜい六百ミリリットルほどしかないから、さすがに海に飛び込めば消えるんじゃないスかね。ただ、いずれにしても海は困りますよ。もしもそのまま流されちゃったら遺体を砂浜に置くことができない」

「森の中でも、地面に転がったら火が消えるんじゃないの？　あたしのせいで末広君や修ちゃんに火が燃え移りそうになった時、そうやって消してたじゃない」

「でも今回は全身が燃料びたしですからね。転がって消すにしても時間がかかるから、ものすごいダメージを受けるはずです。もし命が助かっても、二度と俺たちを襲ったりできない状態だと思いますよ。一気に火だるまになりますから」

「なるほど、確かにそうね。いつ決行するの？」

「夜にたいまつを持ってたらすぐにバレるんで、夜が明けてすぐはどうスかね」

「いいと思うわ。不意打ちにはちょうどいいかもしれない」

「そうと決まったら、手分けして準備しましょう。莉々子さんは双眼鏡で、五木の居場所を捜してください。また移動したみたいなんで。暗視モードだと両目が光って見えるから、時間をかければ見つかると思います」

「わかった」

　莉々子は由宇のバックパックから双眼鏡を取り出し、早速周囲を見回し始める。

「修一さんは俺とたいまつを作りましょう」

「オッケー。どうすればいい？」

「槍に、油をしみこませた布を巻くんです」

「油なんてあるの？」

「エンジンオイルを使えないかなと思って。タンクから取りだせば使えます。あ、でもレンチがないスね」

　俺は思わず舌打ちする。

「レンチがないとだめなのかい。ナイフじゃ代用できないの？」

「タンクのボルトを緩めるんスよ。ナイフじゃ無理っス」

「漂流物で流れ着いてないかな。捜しに行こうか？」

「こんな暗闇じゃ無理っスよ。時間もないし……」

　ふと、バイクのチェーンが目に留まる。そうだ。これを使えばいい。

「え、末広君、何してるの？」

　サバイバルナイフのノコ部分を使ってチェーンを切り始めた俺に、修一が驚いている。

「チェーンレンチって知りませんか。巻きつけて使うんで、色んな大きさに対応できるんス。だからこのチェーンを外したらレンチがわりにできないかなと思って」

「なるほど。さすがだね」

　なんとかチェーンを外し、ドレーンボルトに巻き付けて回すことができた。脱いだシャツにオイルをしみ込ませる。

「これでいいと思います。槍の先端に巻きましょう」

　シャツを裂いて棒に巻きつけ、木の蔓《つる》でしばって固定する。オイルの量が多ければもっとたいまつを作れたが、四本分でせいいっぱいだった。

それからガソリンタンクとキャブレターをつなぐホースを切り、ガソリンを酒瓶に移してふたをする。

「あれ、ヤシの実の殻に入れるんじゃなかった?」

「揮発しちゃうんで」

「ああそうか。じゃあ今のうちに使い勝手のよさそうな殻を探した方がいいね」

修一と二人で、持ちやすそうで穴やヒビのない殻を吟味し、いくつか集める。

「ねえ、口出しして悪いんだけど」

双眼鏡から目を離さずに莉々子が言った。

「ココナッツオイルってあるじゃない? だったらココナッツジュースや果肉は燃えるんじゃないの」

「ココナッツミルクと違って、ココナッツジュースにはほとんど脂質は含まれてないんスよ。果肉は、実は俺も同じことを考えて火をつけてみたんです。でも燃えませんでした。多分そのままでは水分が多いんでしょうね」

「じゃあ殻は? たき火にもつかってたくらいだから、よく燃えるわけでしょ?」

「燃えますけど、小さいから投げる時にこっちがやけどするし、軽すぎてそんなに飛ばないです」

「そっか……末広君が考えてないわけないわよね。ごめんね、やっぱり余計なことだった」

「いやいや、莉々子さんが意見を出してくれるの、心強いスよ」

本音だった。足手まといでしかなかった莉々子が、ここまで色々と考え、意見をくれるとは思わなかった。そういえば槍を作り始めたのも莉々子だと言っていた。ずいぶん戦いへのスタンスが積極的になっている。これまでずっと修一に甘えてばかりだったのに、心境の変化でもあったのだろうか。

「ただ、これが成功して五木が燃える時、草木にも燃え移ることは避けられないよな。森火事になってしまうんじゃないか？」

「この際、そんなこと言ってられないスよ。五木を殺さないと俺たちは確実に死にます。たとえこの森を焼き尽くそうと、あいつを殺さなくちゃ」

俺の言葉に気圧されたように、修一がごくりと唾を飲み、しっかりと頷いた。

「――いたわ、五木さん」

双眼鏡を覗き込んでいた莉々子が、硬い声で言った。緊張が走る。俺は双眼鏡を受け取り、莉々子が指をさす方角を見た。三キロほど先で、五木が日本刀で素振りをしている。

これが成功しなければ、もうなす術《すべ》がない。一度きりしかできない攻撃。絶対にものにしなければならない。

夜が明けたら戦闘が始まる。早く明けてほしいという焦れた思いと、明けないでほしいという恐怖が入り混じっている。

いや。弱気になるな。信じろ。絶対に五木を仕留め、家に帰れると信じろ。

——待ってろよ、五木。必ずお前を、殺す。

俺はぐっと歯を食いしばり、レンズ越しに五木を睨みつけた。

空が白み始めた。

双眼鏡の向こうには、エアガンと日本刀にそれぞれ手を添え、大股を開いて丸太に腰掛けた五木の姿がある。時折目を閉じていたので仮眠は取っていたのかもしれないが、それでもほとんどの時間はカッと目を見開き、ぎらぎらした視線をあちこちにやっていた。なんという超人的な体力と精神力かと恐ろしくなる。

夜通し交代で見張っていた俺たちは、静かに移動の準備を始めた。五木は、俺と由宇が組んでいたことを知らないから、双眼鏡がこちらの手にあるとは思っていない。まさか何キロも先から監視されていることを想定していないはずだ。そしてあれほど莉々子と修一と行動するのを嫌がっていた俺が、まさかチームになるとは思っていないだろう。三人で攻撃を仕掛けてくるとは想像していないはずだ。

俺たちは酒瓶や、縦半分に切って器の形状にしたヤシの殻、火をつける前のたいまつを持って移動を始めた。この距離であれば五木からは見えないので隠れる必要もなく、ひたすら前進することができる。敵の位置が分かっているということは、大きなアドバンテージだ。

俺が先頭を切り、五木の位置を時々双眼鏡で確認しながら歩を進めていく。一キロほど進んだところであらためて双眼鏡で確認すると、五木がエアガンのスリングの位置をなおし、日本刀を帯びて立ち上がるところだった。

思わず舌打ちをする。こちらが夜明け前に奇襲をかけようと思っているのなら、五木だって同じなのだ。五木も誰かを殺すべく、捜索を開始しようとしている。いや、正確には〝誰か〟ではない――俺だ。先に邪魔者である俺を殺した後、修一と莉々子をいたぶって殺すことを楽しみにしているに違いないのだ。

「五木が動き始めました」

振り返って修一と莉々子に告げると、二人の顔に緊張が走った。

「問題ないっスよ。あいつは俺たちの居場所を知らない。俺らの方が断然有利です」

あえて明るい声で鼓舞する。が、怖いのは俺も同じだった。実際、足は震えている。だけどそれを隠しながら、地面を踏みしめた。必ずやり遂げなければ。

どの方角に進むのかと注視していたら、五木はこちらに向かって進んできた。レンズ越しに、鋭い眼光の五木と目が合う。こちらが見えているはずがないのに、心臓が跳びはねた。五木はエアガンをしっかりと構え、左右を警戒しながら、慎重に歩いている。ものすごい気迫だ。

こちらに向かってくる五木と鉢合わせしないように、俺たちはまっすぐ進むのを避けて、五木を挟みこむように左右に分かれて進み始めた。燃料を浴びせる莉々子は右手に、そしてたいまつを投げる修一と俺は左手だった。莉々子一人に大役を任せるのは不安だった。同じ場所からたいまつを投げることも考えたが、ガソリンが揮発して火が燃え広がってしまう可能性がある。だからやむを得ず二手に分かれることにした。莉々子を信じるしかない。

斜めから距離を詰めていく。五木との距離があと一キロほどになった時、俺たちは進むのをやめ、待ち伏せすることにした。

こちらに向かってくる五木に炎や煙、ガソリンの匂いを気づかれないように、五木が俺たちの前を通り過ぎた後で、莉々子は酒瓶からヤシの殻に燃料を移し入れ、俺と修一はたいまつに火をつけることになっている。背後から二杯かけ、俺と修一が待機する場所とは反対の方向へ全速力で逃げる——それが莉々子の役目だ。莉々子は五木から逃げ切ったらこの場所へ戻って双眼鏡などのアイテムを回収し、さきほどまでいた場所で俺たちを待つことになっている。

俺と修一も下準備を始めた。まず、たいまつから火が燃え移らないよう、待機場所周辺の草をサバイバルナイフで刈り取った。それから近くに浅い穴を掘り、五木が通り過ぎたらすぐに火を起こせるよう、枯れ木や葉を集めておく。

手早く下準備を終え、草むらの間から双眼鏡で覗く。思ったより五木は近づいていた。絶対に失敗できない。失敗は死を意味する。プレッシャーで双眼鏡を持つ手が震えた。

「末広君、大丈夫？」

修一が小声で聞いてくる。そういう修一の声も、か細く震えていた。

「大丈夫っス」

自分に言い聞かせるように、頷いた。

風が強い。夜明けの森が、不気味にわななく。双眼鏡のスケールで測る距離が、どんどん縮まってきた。三百メートルになると、草いきれの中に肉眼で豆粒のような人影が見えるようになった。俺は双眼鏡を地面に置き、臨戦態勢に入る。通常、人間が歩く速度は一分で八十メートルと言われている。その計算でいくと、五木がここに来るまでに四分程度。つまりあと四分で戦闘が始まる。俺と修一は這いつくばって待機する。

ギリッと地面を踏みしめる音がした。ついに足音が聞こえる距離まで近づいたのだ。緊張はピークになる。足音はゆっくり近づき、息を殺した俺たちから数メートル先の草木や砂利を踏みしめつつ通り過ぎていく。

五木がもう少し離れるのを待ってから、俺はファイヤースターターで枯れ木に火をつけて火床を作った。たいまつの先端を近づけると、ゆっくりと火が燃える。俺と修一でそれぞれ両手に持ち、合計四本。背の高い草むらの陰に、たいまつごとしゃがんで隠れる。そして今頃、莉々子は酒瓶からヤシの殻に燃料を移し入れているはずだ。成功は莉々子にかかっている。

――頼むぞ、莉々子さん。必ず命中させてくれ。

しゃがんでいるから、状況を耳で判断するしかない。きっかけを逃さぬよう、息を詰めて待機する。緊張で、ぐっとたいまつを握りしめた。

液体が跳ねる音と、五木の叫び声が聞こえた。やった、莉々子がやったのだ。俺と修一はたいまつと共に素早く立ち上がる。

「ふざけやがって！　ガソリンじゃねえか！」

怒り狂った五木がエアガンをぶっ放し、莉々子を追いかけていく。その背を追いながら、俺と修一はたいまつを一本ずつ投げた。どちらかは、当たらないまでもかすめてくれると思った。すぐ五木に火が燃え移ってくれると。が、自分も敵も走っている状態で命中させるのは想像以上に難しく、たいまつは二本とも五木から数メートルほど逸れて落ちた。

一気に草むらから上がる炎に、五木は驚愕して一瞬立ち止まった。そしてたいまつを持って追いかけてくる俺と修一を見つけ、目を剝いた。瞬時に俺たちの計画を察したのだろう、五木はこれまでとは違う方向に全速力で走り始めた。背後に向かって撃ちながら逃げると遅くなるからか、エアガンを撃ってはこない。ガソリンの危険性を知っているから、早急に炎から遠ざかることだけを考えているのだろう。

俺と修一は、アップダウンの激しい不安定な地面につまずいたり滑っては体勢を立て直したりしながら、立ちはだかる木々や棘の生えた枝をよけて懸命に追いかけた。その一方で、五木は邪魔な枝や蔓をエアガンの銃身で払いのけながら、サバイバルゲームで培《つちか》った要領か足取りよく進んでいく。そもそも普通のスニーカーとタクティカルブーツでは差がありすぎる。残りのたいまつは、それぞれ一本。無駄にはできない。もっと距離を詰めてから、そして阻むものがないエリアでないと投げられない。

そのうちに木々が途切れ、草原のような場所に出た。ここで狙うしかない。俺と修一は限界を超えて、さらにスピードを上げる。草に足を取られて一瞬バランスを崩した俺を修一が追い抜き、きれいなフォームでたいまつを投げる。コントロールは抜群で、今度こそ五木に当たると思われた。しかし五木は、ギリギリのタイミングで走る方向を変えた。狙われにくいように、ジグザグに走ることにしたようだ。たいまつは離れたところへ落ち、そこから火の手が上がる。

くそ！

あとは俺の持つ最後の一本しかない。がっくりとうなだれる修一を追い上げ、抜き去った。

「末広君、頼む！」

修一の悲痛な叫びが、背後に遠のいていく。

草原から、また森になってしまった。この一本は、何があっても外すわけにいかない。確実に当たるところで投げなければ。もっと距離を詰める必要があるが、こちらが必死で追い上げても、逃げていく五木との距離は縮まるどころか、どんどん開いていくばかりだった。息ができない。足の感覚がなくなってきた。

もうだめかもしれない。

あまりの苦しさに目の前が白くなりかけた時、突然、遠くで五木が立ち止まった。五木の前に、ほぼ垂直の急斜面が立ちはだかっていた。土砂が崩れたのか、山肌がむき出しになっている。五木は前へ進むかわりに、右へ逃げようとした。が、そこには巨大な岩があった。そして左側は崖だ。五木に逃げ道はなかった。その上、五木の足元は枯れた草や小枝で覆われているる。たとえたいまつをかわせたとしても辺りは炎に包まれ、そして五木自身に燃え移るだろう。つまり――五木はもう、デッドエンドにいるのだ。

「わあああああああああ！」

五木は半狂乱になって叫びながら、エアガンを乱射してくる。島へ到着したばかりの頃、有効射程距離は三十メートルほどだと教えてくれた。俺はまだ明らかにその圏外にいるのに無駄撃ちしてくるとは、よほどパニックになっているのだ。俺は最後の力を振り絞って、全速力で走る。射程圏ギリギリのところまで助走し、思い切りたいまつを投げた。俺が投げたって、三十メートルなんて届かない。案の定、たいまつは五木から十メートル以上も手前に落ちた。が、枯れ草を舐めるように炎が広がっていく。五木の顔に絶望の色が浮かんだ。

やった。

これで終わった――

勝利を確信した時だった。鼻の頭を、なにか冷たいものがかすめた。

――え？

ハッと頭上を見ると、巨大な暗い雲が空を覆っている。まさか。

空が光ったかと思うと轟音が鳴り響き、激しい雨が降り始めた。みるみるうちに、五木の足元へ延びかけていた炎が力を失っていく。

何が起こったかわからなかった。

五木も肩で荒い息をしながら、わけがわからないといった表情で突っ立っている。

嵐が起こっているのだと認識するのに時間がかかった。風は激しく、雨に至っては大雨というレベルを超えていた。周辺の空気が、ほぼ水に置き換わってしまったくらいの。全身を打ち付ける水が痛いくらいの。水で煙が立ち、あたりが真っ白にけぶるくらいの——そんな尋常ではない雨を伴った嵐が、一瞬にして俺の作戦を消し飛ばしたのだ。

ああ、まさか。

まさかこんなタイミングで——

雨が、俺の希望を押し流していく。

五木はけたたましく、のけぞるようにして笑い出した。

「天は我に味方せり——文字通りだな」

五木が指で、暗い空を示した。

「ああ面白い。こんなことってあるんだね。この強風じゃエアガンは無理か。じゃあこっちかな」

五木はスリングを引いてエアガンを背中側に移動させると、日本刀をすらりと抜き、もう片方の手にはナイフを握って、嵐をものともせずずんずん近づいてきた。俺も腰に差してあったサバイバルナイフを手に取る。落ち着け。切り替えろ。まだ勝てるチャンスは残っている。

　日本刀が雨を斬るようにして俺の目の前に振り下ろされる。すんでのところでよけると、五木は間髪を容れず刀を返してきた。俺はかわしながら、サバイバルナイフで五木の胸部を狙う。しかし五木がもう片方の手でナイフを繰り出してきて、あやうく俺の方が刺されそうになった。よけようとバランスを崩して泥の中に尻もちをついたところに、また日本刀が迫ってきた。俺は尻もちをついたまま、咄嗟《とっさ》に足を突き出して日本刀を払った。五木の手を離れた日本刀が泥の中を滑っていく。

　五木がものすごい形相で俺を睨んだ。五木の持っているナイフより、俺のサバイバルナイフの方が刀身が長く、攻撃力も高い。俺は跳ねるように飛び起きると、すかさずサバイバルナイフごと五木に突進していった。

　五木はよけそこねたのか、俺をふところで受け止める形になった。密着したまま、しばらく互いに動かない。ナイフは胸部に突き刺さっている——はずだった。が、人間の肉体を刺したとは思えないほど、手ごたえが硬い。目の前にある五木の頬に、大きな笑みが浮かぶ。おそるおそる見ると、刃はエアガンの硬い銃身で食い止められていた。

　もう一度突き刺そうとした。が、なぜだか体に力が入らない。そのまま背中から、地面に倒れた。左胸に鋭い痛みがある。まるで自分の体じゃないように、全く動けない。

「あ、大丈夫だよ、エアガン、壊れてないから。ちゃんと動作に関係のないところで防御したからね。いやあ、それにしても今回はいろいろ焦った。さすがに死ぬと思ったよ」

いつの間にか雨風は弱まっていた。かすみかけた俺の視界に、しゃがんだ五木の姿が入ってくる。その手には血にまみれたナイフがあった。

「だけどめちゃくちゃ楽しかったよ。アドレナリンがどばどば出た。ありがとうね、末広君。君のお陰で、バトルロワイヤルらしいバトルができた。最高だった。ああ、楽しかった」

五木が心から嬉しそうに、屈託なく笑った。ああ、この人は。この人はきっと、戦うために生まれてきた。楽しげに野を駆け、山を駆け、獲物を追いかけて追い詰めて、牙を突き立てる。この人は猛獣なんだ。人畜無害だなんて、どうしてそんな風に思っていたんだろう。この島が、この人の本能を呼び覚ましてしまったんだ――

「終わっちゃうのは残念だけど、仕方ないね。じゃあ、バイバイ」

ずっと尊敬していた、頼れる兄貴のような笑顔。まるでバーで別れる時のような気軽な調子で言うと、五木は再びナイフを振り上げた。

8. 修一

気を失っていた僕は、まるで滝のような雨に打たれて目を覚ました。たいまつを投げた後、力尽きて倒れ込み、そこから意識が飛んでいる。

ものすごい暴風雨だった。葉っぱや小枝が風に巻き上げられ、飛んでくる。息を吸うたびに水が鼻と口から入り、むせそうになる。しかし慌てているうちに雨風は少しずつ弱まり、やがて止まった。スコールというやつかもしれない。

――そうだ、末広君は⁉

急いで立ち上がる。泥沼と化した地面に滑りそうになりながら、なんとか前に急いだ。神様、お願いだ。あの雨が、五木を倒してから降ったものでありますように。

大きな歌声が聞こえてきた。急いで木の陰に身を隠す。おそるおそる覗いていると、のっそりと人影が現れた。

五木だった。背中にはだらりと力を失った末広がおぶられている。悲鳴をあげそうになり、慌てて口を押さえた。

末広でさえ、五木を仕留められなかったのか——
絶望に打ち砕かれそうになる。が、今の五木は無防備だ、と思い至る。エアガンはスリングで前面に装着され、日本刀は腰にあるものの、五木の両手はおんぶでふさがっている。歌っているということは警戒もしていない。今こそチャンスなんじゃないか。後ろから体当たりして、倒れたところに馬乗りになる。そして五木の武器を奪えば、殺すことができる。

五木はかなりご機嫌で、ロック調に激しくシャウトしながら歩いている。僕はそっと後ろをついていった。いよいよ体ごとぶつかろうとした時、末広の死体が背中から振り落とされた。ぎょっとして怯《ひる》んだところに五木が振り向き、僕の目の前に日本刀の切っ先を突き付けた。まだ曇った空の下で、切っ先が鈍く光る。

「エアガンと違って、刀は片手でさっと構えられるのが利点だよねえ」

刃の反射を楽しむように角度を変えながら、五木が言った。

「修一君が来るの、予想してたに決まってるじゃん。末広君と組んで襲ってきたの見てたし、改めてまた狙うつもりだろうなって。木の陰に隠れてるのを見つけた時は、笑いをこらえるのに必死だったよ。無警戒のふり、なかなかうまかったでしょ？　はい残念、修一君はここでゲームオーバーです」

五木が日本刀を振りかぶったので、僕は慌てて飛びのいた。

「ちょ、ちょっと待って、五木さん！　よく考えてください！　その日本刀、まだ新品ですよね。初めて斬るのが僕でいいんですか⁉」

　五木の手が止まった。

「それもそうだね。さっき泥だらけにされちゃって、洗い流したばっかだし。じゃあ、やっぱりこっちにするか」

　五木は日本刀を鞘に納め、エアガンを構えた。

「ち、違います！　そうじゃなくて、身代わりに莉々子を連れてくるんで、好きにしてくださいっていう意味です」

「え？」

「正直、自分が助かるんなら莉々子なんてどうでもいいんです。莉々子を斬るなり殺すなり、自由にしてもらっていいんで」

　五木の目が面白がっている。が、エアガンの構えは崩さない。

「それ、本気だと思っていいわけ？」

「もちろんです。五木さんだってわかってたでしょ。僕はそもそも莉々子のことを愛してるわけじゃないって」

「まあね」

「莉々子が死ねば、僕と五木さんで島から出られますよね。この際、もう命さえ助かれば御の字なんで、賞金も十億まるまる、五木さんがもらってくれていいですから。いや、わかってます、五木さんは賞金なんて二の次。バトルロワイヤルの勝者、最後の一人になりたいんでしょ？　だけどそこは、莉々子を連れてくるってことと引き換えで僕を助けてくれませんか。お願いします」

　いつぶっ放されるか気が気ではなくて、僕は必死でまくしたてた。

「うーん……そうは言ってもなあ」

「僕が連れてこなければ、下手したらずっと莉々子は見つかりませんよ」

「そんなことはないだろ。狭い島なんだから」

「莉々子は双眼鏡を持ってます」

　五木のこめかみがぴくりと動いた。

「つまり五木さんの居場所がわかるんです。莉々子は絶対に、五木さんから見つからずに逃げ続けることが可能なんですよ」

　五木がやっとエアガンの構えを解き、無精ひげに覆われた顎を撫《な》でた。

「そうか、双眼鏡を持ってるのか……」

「だけど、僕なら莉々子を五木さんに引き合わせることができます。どうですか、この取引」

　くっくと五木が笑った。

「修一君って、なかなか狡猾《こうかつ》だね」

「狡猾でも卑怯でもなんでもいいんです。生き残ることができさえすれば」

「まあ、そうだよね。そういうの嫌いじゃないよ。僕とは違うサバイバル術だよね。ベクトルが違うだけでさ」

「じゃあ取引成立ってことでいいですか？」

「まあねえ。僕としては末広君を狩れたことで、かなり満足できたってのはあるし。ぶっちゃけ修一君よりは莉々子ちゃんで斬れ味を試したいってのはあるからね」

　このまま五木は末広を砂浜まで運ぶという。そこに僕が莉々子を連れていくことで、話がついた。


　隠れ場所に戻ると、莉々子が泣きじゃくりながら抱きついてきた。

「修ちゃん‼　よかった！　すごくすごく心配したんだから」

「だけど末広君が――」

「知ってる。ずっと見てたもん。あのタイミングで雨なんて、神様なんていないって思った。末広君みたいな人が、あんな悪い人間に殺されるなんて」

「そうだね」

　莉々子はしばらく嗚咽《おえつ》まじりに末広のことを嘆いていたが、僕はどのタイミングで、どうやって莉々子を砂浜まで連れていこうか、そればかり考えていた。

「修ちゃんも、五木と鉢合わせしたでしょ。死ぬほど心配したんだから」

ぎくりとした。そうか、莉々子はあのやり取りも見ていたのだ。

「助けに行こうと思ったら、五木がエアガンを下ろしたから驚いたの。よく見逃してもらえたわね」

「うん、実は五木さんを説得できたんだ」

「そうなの⁉」

莉々子が目を見開く。

「五木さんにとっては、末広君がラスボス的な存在だったから、末広君に勝てたことで満足したらしいんだ。だから今から僕たち三人のうち、一人が砂浜で死体のふりをしようってことになった。五木さんはちょうど海岸に末広君の死体を運んでるから、そこで合流することになってる。早速行こう」

僕は手を差し出す。が、莉々子は腕組みをし、懐疑的な表情を崩さない。

「信用できないわ。不意打ちであたしたちを襲ってくるつもりなのよ」

「ないない」僕は強く否定した。「絶対にないよ。そんなことをしたら僕が黙ってない」

「でも――」

「五木さんのエアガンは、もう弾がないんだって。日本刀も、刃こぼれして使い物にならないらしい。となると、僕たち二人のチームに対して五木さんは一人だから、圧倒的に不利なんだよ。だから五木さんにとっても、ここで戦いをやめるのは悪い話じゃない。それどころかメリットでしかないんだ。だから喜んで同意してくれたんだよ」

「そうかしら……」

「なにより、僕がこの話に乗ったことが証拠だよ」

莉々子はしばらく考えていたが、やがてため息をついて首を横に振った。

「だめよ。やっぱりあたしは反対。五木を信用なんてできないわ」

思わず舌打ちしそうになる。このバカ女が。普段はこちらが歯噛みしたくなるほど人の気持ちに鈍感なくせに、どうしてこんな時にだけ勘が働くんだよ。

「わかった。じゃあさ、もう一度五木さんと話してくるから、莉々子はここで待ってて。絶対に動かないでくれよ」

「うん。早く帰ってきてね」

莉々子がぎゅっと抱きしめてくる。それをさりげなく振り払って、僕は海岸へ向かった。


まだ重く垂れこめた雲の下、砂浜にはスコールで吹き寄せられたヤシの葉や枝などが散乱していた。海も暗く、波は荒い。五木は吉田、由宇、末広の死体のそばに、腕組みをしながら雄々しく立っていた。

「莉々子ちゃんは？」

一人で現れた僕に、五木が眉を寄せる。

「先に五木さんと話したいって言われて。とりあえず一緒に僕たちの拠点に行きませんか」

「なにを話すわけ？」

「それは……ええと、誰が死体のふりをするか、とか」

「ここでも決められるよね。なんで君たちの所に行かなきゃいけないの。莉々子ちゃんが僕を殺そうと待ち構えてる可能性、あるよね」

「まさか。そんなこと本当に考えてなかったです」

僕は必死で首を横に振った。

「莉々子には、五木さんが末広君との戦いで満足したって言ってあります。あと、エアガンの弾もなくなって、日本刀も使えないと」

「ふーん。で、本当に信じてた？」

「はい、もちろん」

僕は、なんとか自然に見えるように頷いた。

「じゃあなんで海岸に来ないの？　おかしいじゃん」

「いや、それは……」

五木はしどろもどろになる僕をじっと見ていたが、やがて、にやりと笑った。

「まあいいや。あのさ、僕の方も、あれから考えてたんだけどさ。僕にとって、修一君を助けるメリットって、やっぱり全然ないんだよね」

「――え？」

「だってそうだろ？　どちらか一人を助けるなら、莉々子ちゃんを助けた方がいいじゃん。お父上から、たんまりお礼をいただけるかもしれないし……って、まあ別に助けないんだけどね。やっぱり僕一人でバトルロワイヤルの勝利宣言をしたいから。でもまあ、強いて言えばってことね」

「ちょ、ちょっと待ってくださいよ。僕がいないと五木さんは莉々子に近づけませんよ」

「大丈夫、大丈夫」

「大丈夫じゃないですよ。双眼鏡を持ってるって言ったでしょ？」

「なーにいってんの。修一君はわかってないなあ。かっこうの餌があるじゃないの」

「餌？」

「君自身だよ」

ぴたりとエアガンの銃口を僕に突き付けた。

「今も見てるんでしょ？　君を捕虜にすれば、絶対に莉々子ちゃんは出てくるよ。のこのこやってきたところを、捕まえればいいわけじゃん」

「そ、そんな――」

「ま、最悪の最悪は、出てきてくれなくてもいいよ。君の死体を並べておけば迎えが来るし、一応はそこで勝利だからさ。とにかく僕の立場からすると、君と組むメリットは少しもないってこと」

そう言い切ると、五木はエアガンを振りかぶり、銃把を思い切り僕の頭に打ちつけた。

意識が戻った時には、両手足を束ねられ、砂浜に転がされていた。動こうとして、痛みに思わず叫ぶ。棘のある蔓で縛られているのか、手足がぎりぎりと痛んだ。

「あ、起きた？　あれからね、ええと、もう二時間くらい経ってるよ」

五木は由宇のカメラで時間を確認しながら言った。

「でも莉々子ちゃん、いっこうに来ないんだよなあ。さすがに命を懸けてまでは助けに来ないか。まあ当たり前だよね。だって修一君ってひどい男だもん。ゲス中のゲス。見捨てられて当然だよ」

莉々子が来ない？　恐怖で全身が縮みあがる。こんな状況まで追い詰められたら、莉々子だって僕を助けるよりも、五木と二人で生き残った方がいいと考えても不思議ではない。莉々子にとって、そちらの方が現実的だろう。

くそ！　くそ！

僕は身もだえする。

なんで僕が死んで、こんな悪人と、あんなバカ女が生き残るんだ。こんなの最悪だ、間違ってる。

これがドラマや映画だったら、必ず悪役は死ぬんだ。だけど現実はそうはいかない。末広君が殺された時に、思い知った。ヒーローだって運に見放されて簡単に殺される。ああ、僕はここで終わりなのか。

それでも莉々子が助けに現れるのでは、とわずかな希望を捨てきれなかったが、どんどん時間は過ぎていくだけだった。

「莉々子ちゃん、やっぱ来ないね」

五木がつまらなそうに口を尖らせ、立ち上がった。

「これ以上、修一君を人質にしてても意味がないね。じゃ、このままサクッと殺してあげる」

「いや、ちょっと待ってください、お願いです——」

「待つわけないだろ。修一君には、おとりの価値すらない。莉々子ちゃんのことは、地道に狙うことにするよ。いくら双眼鏡があったって二十四時間ぶっ続けで見てるわけじゃないだろうし、まあ何とかなるでしょ」

五木はナイフを抜いた。

「エアガンは弾がもったいないし、日本刀は刃こぼれがいやだし、つまんないけどやっぱナイフでいっか。頸動脈、いっとく?」

少しのためらいもなく、五木が僕の首にナイフを近づけてきた。思わず目をつぶった時、なにかが素早く風を切った。五木の叫び声と共に、泥が激しくはねる音がする。おそるおそる目を開けると、莉々子が槍を構えて、僕を守るように立ちはだかっていた。そして地面には、叩き落とされたらしいナイフが転がっている。

「この野郎！」

五木が素早くエアガンを構え、発射した。が、いつの間に作ったのか、莉々子は何本もの棒を蔓で合わせた盾で弾を防ぐ。莉々子は攻撃を防ぎながらナイフを拾い、僕を縛っている蔓を切断した。

「急ごう、修ちゃん」

莉々子が僕に手を伸ばした瞬間、五木がものすごい勢いで盾に体当たりし、僕たちは砂浜に弾き飛ばされた。盾はばらばらに壊れ、ナイフもどこかへ飛んで行ってしまった。慌てて体を起こしたところ、五木がエアガンを構えるのが目に入った。引き金が引かれる。だが銃弾は飛んでこない。

「くそ！」

だみ声と共に、エアガンが投げ捨てられる。いよいよ弾がなくなったのだ。

チャンスだ。

僕はナイフを持ち、五木の方へ突進する。しかし五木の回し蹴りで吹き飛ばされた。手から離れたナイフが遠くへ滑っていく。

「お前ら、雑魚キャラのくせに抵抗しやがって」

日本刀を振り下ろす五木の足に、莉々子がタックルする。五木が砂浜に倒れこむが、それでもやみくもに振り回した日本刀が、僕の肩に当たった。鋭い痛みが走り、思わず悲鳴を上げる。

「修ちゃん‼」

莉々子は泣きながらも棒をめちゃくちゃに振り回し、体勢を立て直した五木から繰り出される刀をかろうじて防いでいる。

「早く！　こっち！」

莉々子が僕の手を引いて森の中へと走りだす。なかば意識がもうろうとしながら、必死でついていった。傷は痛み、体は重く、さらに疲労と空腹で、まともに動けない。それでもなんとか、転びそうになりながらも駆けていった。背後からは五木が追いあげてくる。五木のスピードは全く落ちていない。やっぱり超人だ。恐ろしくなった。どこに逃げても、もう無駄なのだと諦めかける。

「あたしが『飛んで』って合図したら、思い切り飛んでね」

走りながら莉々子が言った。

「え？」

「いいから言うとおりにして。何も考えず、できるだけ遠くまで飛んで。いい？」

考える力も残っていなかった。ただ頷いて、ひたすら走った。走っているうちに、前方の木の枝に引っかかったバックパックが見えた。あれは由宇のものだ。さらに先には、双眼鏡がぶらさがっている。

「飛んで！　バックパックから双眼鏡まで飛んで！」

莉々子が叫んで、飛んだ。わけもわからず、僕もただ言うとおりにする。双眼鏡の場所をわずかにすぎたところで、着地し損ねた莉々子が倒れた。僕もつんのめり、そのまま莉々子の脇に転ぶ。

「うおおおおおおお！」

好機だと思ったのだろう、背後からは歓喜に満ちた雄叫びが近づいてきた。だけどもう体は動かなかった。莉々子もうつ伏せになったまま動かない。今度こそ、ここまでだ。逃げる気力は残されていなかった。ただ楽になりたかった。もう何も考えたくない。覚悟だとか、悲しみだとか、そういう感情も湧かなかった。ただただ疲れ果てていて、もう終わりにしたかった。傷が熱を持って痛い。この痛みからも解放される。

「これでヴィクトリーだあぁぁぁぁぁ！」

勝利宣言を聞きながら、僕はそっと目を閉じた。ああ、これでやっと終わる――

――しかし、なぜだかものすごい悲鳴が聞こえた。そして急に静かになった。何も起こらない。再び降り始めた雨の音だけがしっとりと聞こえる。

莉々子がゆっくりと体を起こす気配がした。僕も目をこじあけ、重い体をなんとか起こす。見回してみるが、五木の姿はない。あたりは黒々とぬれそぼつ木々だけだ。まるで神隠しのように、五木の姿は掻き消えていた。

ふと、雨音にまじって、かすかに別の音が聞こえることに気がついた。呻き声だ。よく注意してみると、泥の地面がうごめいている。いや、泥ではない。五木だ。迷彩服を着ているうえに草や泥と混じり合って判別しづらかったが、うつ伏せに倒れている。

位置は、ちょうど僕と莉々子がジャンプして飛び越えたバックパックと双眼鏡の間だった。僕はとっさに身構えたが、五木は手足をわずかに動かしているものの、いっこうに起き上がる様子がない。

莉々子が立ち上がった。そして警戒することなく、五木に近づいていく。僕も立ち上がり、おそるおそるついていった。

僕たちが近くまで来るのを待って、五木は日本刀で襲いかかってくるのではないか——そんな恐怖を抱いていた僕は、しかし、あっと息をのんだ。

五木が倒れている一帯の地中からは、何本もの枝が突き出ていた。しかも先端はどれも鋭く削られており、剣山のようになっている。ざっと見ただけでも百本ほどはありそうだ。剣山の中央にうつ伏せで倒れている五木の体がどういう状態になっているか、想像しただけで胃が縮まる。

「嘘……だ……」

呻き声に混じって、恨み節が聞こえてくる。

「なんで……雑魚キャラなんかに……」

言葉の合間に、ひゅうひゅうと空気の漏れるような音がする。深く考えたくないが、喉にも穴が開いているのかもしれない。

剣山の手前には、大きな石が直線状に並べられている。ここで五木をつまずかせる計画になっていたのだ。まさかこんな仕掛けを莉々子が作っていたとは。これほどの数の枝を削り、そして埋め込むのには、さぞかし時間がかかっただろう。だからすぐに僕を助けに来られなかったのだ。よく見ると、莉々子のネイルは取れ、両手は傷と血だらけだった。僕は思わずその手を握りしめる。

五木は必死に起きあがろうと両手を地面についたが、そこにも剣山があり、獣のような咆哮をあげた。それでも手探りで平面を探し当て、ほんのわずかに上体を起こす。しかし力尽きたのか、再び剣山の上にくずおれた。今度は痛みに声をあげることはなく、二度と動かなかった。

五木が死んだ。僕と莉々子は、力が抜けたように座り込んだ。

「勝った……」

莉々子がしゃくりあげた。

「修ちゃん、あたしたち、勝ったのよ。生き残れたのよ」

「うん……うん、そうだな。やったな」

僕も涙があふれて止まらなかった。

「傷はどう?」

「服の上からだったし、意外と浅かったみたいだ。痛むけど、もう血は止まってる」

命がけで僕を守ってくれた莉々子には感謝しかない。思わずきつく抱きしめる。

「ほんとうにありがとう。莉々子がいなかったら、僕はとっくに死んでたよ」

「当たり前でしょう。修ちゃんを愛してるんだもん」

「それから……いろいろごめんな」

「なにが?」

「なんでもない。これから幸せなハッピーライフを送ろうってこと」

「幸せとハッピーは同じなんでしょ」

「だからごめんって」

涙を流しながら、僕たちはキスをした。

傍らには死体がある。そんな異常事態なのに、僕たちは無邪気に生きていることを喜び合っていた。

それから僕と莉々子で五木の両手足を持ち、砂浜まで運んでいった。すでにある死体の脇に置くと、そのまま泥水に吸い寄せられるように倒れ込む。もうこれ以上、動くことはできなかった。

本当にマスターは迎えを寄こしてくれるのか。約束を守ってくれるのか。一抹の不安はあるものの、深く考えられないほど疲れていた。とにかく今は休みたかった。

　僕と莉々子は、朽ちるように眠りに落ちていった。


　ドドドドドドド……


　聞きなれない音で目が覚める。機械の音だ。しばらく波や風、木々などの自然音しか耳にしていなかったから、耳障りだった。

　体を起こして辺りを見回すと、目の前には美しい楽園が広がっていた。まぶしい太陽。真っ青な空。海は穏やかに波打ち、水面はきらめいている。

　そしてきらめきの向こうから、何やら黄色くて平たいものが近づいてくる。どうやら機械音は、そこから発せられているらしい。

　音に気がついたのだろう、莉々子も目を覚ました。気だるそうに起き上がり、接近してくるものを訝しげに眺めている。少しすると「あ！」と立ち上がった。

「修ちゃん！　ボートだわ！」

　僕もハッとして立ち上がる。それは小型のボートだった。マスターの言葉を思い出す。二人乗りの自動操縦のボートを寄こすと言っていた。まさにこれがそうなのだ。

　マスターは死体が揃ってから三日後と言っていたが、そんなに眠っていただろうか？　三日間もこんな太陽の下にいれば、全身が火ぶくれになってしまうに違いない。けれど僕も莉々子もそんなことはないし、五木の遺体の様子を見ても、変化していないように思えた。三日後というのは違反をさせないための牽制だったのかもしれないし、全ての死体が明らかに本物だとわかったからすぐに迎えを寄こしてくれたのかもしれない。

ボートには誰も乗っていないのに、波打ち際に近づくにつれて速度がゆっくりになり、砂浜から数メートルのところへすべるように着岸した。すごい、今の技術でこんなことが可能なのか——やっと帰れるという喜びと、マスターが約束を守ってくれたという安堵とで、そんなことに感心できる心の余裕もある。

「あたしたち、これで帰れる！　二人で一緒に戻れるんだよ！」

莉々子が飛び跳ねながら、僕に抱きついてきた。

「ああ、やったな！　さあ行こう」

「ちょっと待って」

莉々子が砂浜に横たえられた吉田、由宇、末広、五木の遺体のそばに行き、神妙に手を合わせた。末広と五木の遺体はともかく、吉田と由宇の遺体は傷み始めていて、とてもじゃないが僕は直視できない。それでも莉々子はひとりずつに合掌し、そして川上と天野医師がいるであろう方角にも手を合わせ、じっと目をつぶっていた。

「莉々子、早く行かないと」

マスターの気まぐれで、また置き去りにされてはかなわない。僕がイラついて声をかけると、莉々子は「ごめんね、お待たせ」と言いながら駆けてきた。

やっと出発できる。二人で海に入り、ボートへと近づいた。

「あ、ミュール忘れてたぁ。取ってこなくちゃ」

莉々子がグラビアアイドルを気取った走り方で、ばしゃばしゃと飛沫《しぶき》をあげながら戻って行く。もうすっかり元の莉々子だ。舌打ちしつつ、僕はそのままボートへ向かった。

ボートは、僕の腰から少し上の深さ、だいたい水深一メートル十センチ程度のところに停まっていた。大人が二人座ればいっぱいになるサイズで、椅子などはなく、底には青いビニールシートが敷かれている。船首の外側にはモーターらしき機械が取りつけられていて、そこからゴルフクラブのシャフトに似た鉄の棒が海中に延びていた。シャフトが潮の流れによって動くたび、モーターのヘッド部分もゆるやかに連動する。シャフト部分が風や潮の流れのセンサーになっていて、定点で停まっていられるように制御されているのかもしれない。おそらく航路も記録されており、ボートが自動でここまで来たように、乗れば自動的に帰れるようになっているのだろう。

ああ、ついに戻れる——

思わず天を仰いだ。これまで張りつめていた気持ちがゆるみ、泣きそうになる。このボートに乗りさえすれば元の生活に戻れるんだ。

ボートによじ登りかけて、ふと気づく。青いビニールシートが波打っている。下に何かあるようだ。どけてみると、いくつもの白い巾着袋が、敷き詰めるように置かれていた。体操着が入るくらいのサイズの袋。ざっと五十はあるだろうか。ひとつを持ち上げてみると、砂袋のように、意外に重かった。

なんだろう。

訝りながら、巾着袋を開け——思わず息をのんだ。

札束だった。きれいに揃えられた札束が、ぎっしりと袋に詰め込まれていた。まさかと思って他の袋も開ける。同じだ。全ての袋には、おそらく均等に札束が入っている。

「修ちゃん、どうしたの？」

莉々子がミュールを片手に持ってやってきて、大事そうにボートの中に置いた。さっきまで莉々子の顔は砂と血と泥で汚れていたのに、いつの間にかきれいに洗い流されている。

「これ——」

袋の中を見せると、莉々子が「嘘」と目を見開いた。

「もしかしたら——」

莉々子が僕の手から袋を取り、札束を数え始める。

「二十束ある。一束百万円として、一袋に二千万円が詰まってるってことだわ」

「ということは——」

僕はボートの床にぎっしりと置かれた袋をあらためて眺める。ひとつひとつ数えてはいないが、おそらく間違いない——十億円が、今、ここにあるのだ。マスターは賞金の約束もしっかり果たしてくれたということだ。

「やったわね！」

莉々子が袋を抱きしめた。

「これを元手にあたしたちでビジネスを始めるのもいいわね。十億あれば、パパの手助けがなくても色んなことができる。ああ楽しみ」

莉々子は抱きしめていた袋をボートに戻すと、跳び箱を飛ぶ要領でボートに乗り、敷き詰められた十億円の上に座った。

「最高の気分！　さあ、修ちゃん、早く戻ろ？」

莉々子が差し出した手を握って、僕もよじのぼる。袋の上は不安定だが、なんとか腰を落ち着けることができた。僕たちは今、十億円を手にした。豪快で爽快だった。

僕たち二人が乗れば、勝手にボートは出発するのだと思っていた。しかし待てど暮らせど、ボートが走り出す様子はない。

「おかしいわね。どこかにボタンでもあるのかしら」

莉々子が船首のモーターをためつすがめつする。操作ボタンは見当たらなかったが、モーターからはケーブルが延びていて、敷き詰められた袋の下につながっている。僕たちが袋をどけると目覚まし時計くらいのプラスチックの箱があり、赤いデジタル数字が見えた。

「なにかしら、これ」

莉々子が箱を手に取る。表示は08:58:36となっていた。真っ先に思いつくのはタイマーだが、数字はぴたりと止まっており、動いていない。

「なんだろうなあ、タイマーに見えるけど、どうして動いてないんだろう」

「もしもタイマーだとしたら、なんのため？」

「まさか……」

僕と莉々子は、ハッと顔を見あわせる。

「やだ、爆弾⁉」

莉々子が放り出そうとするのを、慌てて押しとどめる。衝撃で爆発でもしたら大変だ。ふたりとも一瞬混乱したものの、タイマーが作動していないこともあり、冷静になった。箱に耳をくっつけてみるが、何も聞こえない。モーターにも同じようにしたが、特に変わった音は聞こえなかった。

「爆弾じゃないとは言い切れないけど、違う気がする。僕たちを殺すつもりなら、ボートなんて寄こさなきゃいい。ましてわざわざ十億円を載せるなんて」

「確かにそうよね。マスターは確かにおかしいけど、迎えと賞金の約束を守ってる。ということは勝ち抜けば帰らせてくれるっていう約束も守るはずだわ」

「だよな。でも、そうだとしたら……これはいったい、なんなんだろう？」

タイマーもどきを前に、僕も莉々子も首をかしげる。

「もっと単純に考えればいいんじゃない？　ゼロになればモーターが作動して復路に出発するの」

「だとしても、タイマーが動かないなら意味がないよ」

「そうなのよね」

莉々子がため息をつく。タイマーが機能しないのはどういうわけだろう。ボートを外側からも調べるために、僕は降りることにした。海中に立った途端、「あ！」と莉々子が声を上げる。

「タイマーが動き始めた！」

「ほんとか⁉」

僕は慌ててボートによじ登り、表示を確認する。が、タイマーは静止していた。

「変ねえ。また止まっちゃったわ」

莉々子は首をかしげる。タイマーはさっきより二十秒ほど進んでいた。

「壊れてるのかしら。そしたら帰れないってこと？」

莉々子が不安げに言う。

「いや、数秒でも動いたってことは壊れてないよ。もう一度外側を調べてみる」

僕はふたたびボートから海へ降りる。すると莉々子が「また動き始めたわ！」と声を上げた。

それなのに、僕が見ようとボートに戻ると、やはりストップするのだ。

「もしかして……人が降りたらタイマーが作動するんじゃないか」

「え？」

「試しに、今度は莉々子が降りてくれるか」

「うん、わかった」

僕はタイマーを凝視していた。そして思った通り、莉々子がボートを離れた瞬間、タイマーが減り始めた。

「やっぱり作動してる！　このまま僕も降りてみるよ」

僕は片手にタイマーを持ち、表示を見つめたままボートから降りてみる。その間ずっと、タイマーは動き続けた。

「そうか……重量だ」

「え？」

「きっと最大重量が設定されていて、それ以上になるとタイマーが作動しないようになってる。つまり、帰れないんだ。そして軽ければタイマーが作動して、ゼロになった時点で自動的に出発するんだと思う」

「え？　え？　どういう意味？」

タイマーがどんどん減っていくのを見ながら、莉々子がパニックになる。僕もパニックになり、「いや、だから……」と説明しかけるが、とりあえずは再度ボートに二人で乗ってタイマーを止めればいいのだと気づく。

「とにかくボートに戻って！」

僕がボートに飛び乗ると、莉々子も慌ててよじのぼった。タイマーが止まる。

「もう一度説明して。どういうこと？」

「多分、設定された重量を超過すると、出発しないようになってる。このボートは二人乗りだ。だけどすでに十億が載っている。だからその分――」

説明しながら、やっと僕にも理解が追い付いてくる。つまり、二人で帰りたければ金を捨てなければいけないということなのだ。

苦い笑いが込み上げてきた。なるほどな。マスターは最後の一人、または二人になったら迎えを寄こすと言った。十億円の賞金も払うと言った。どちらの約束も破っていない。だが……一緒に帰れるかどうかは当人たち次第ってことだ。

十億っていったい何キロあるんだ？

そういえば昔、宝くじ売り場の前でガラスケースに入って陳列してある三億円を見たことがある。重さも書いてあった。確か一万円札が一枚約一グラム。三億円は一万円札が三万枚で、三十キロとなっていた。ということは……このボートに載っている十億円は百キロもあるということだ。

僕はいったい今、何キロある？　島に来る前は七十五キロあった。ここに来てからろくに飲み食いしていないから、六十五キロくらいになっているかもしれない。

一生懸命考えている僕の耳に、激しい水音が聞こえてきた。ふと隣を見ると、莉々子が巾着袋を海に投げ捨てている。僕は驚愕して、思い切り莉々子の頭を殴りつけた。

「バカやろう！　なんで勝手に金を捨てるんだ！」

僕は慌てて海に飛び込み、あやうく波にさらわれそうになっていた袋をつかんでボートに投げ入れた。巾着と札束が水を含み、さらに重くなってしまっている。

莉々子は頭をさすりながら、動揺している。

「だ、だ、だって、重過ぎると出発しないって修ちゃんが言ったから。一人が降りたらタイマーが動いたじゃない？　だから一人の体重分のお金を減らせばいいんじゃないの？」

「このクソ女！　なんのためにここまで苦労してきたんだ！　金は一円も減らさない！」

僕は莉々子の腕を掴むと、ボートから引きずり降ろした。そして全体重をかけて、莉々子の顔を海に沈める。

「そうだよ、お前さえいなきゃ、僕はまるまる十億を持って帰れるんだ。体重は四十五キロくらいか？　てことはお前を連れて帰るには四億五千万捨てなくちゃいけないってことじゃないか。誰が捨てるかよ。そもそもお前がしぶとく生き残ってることが間違いなんだ。なんで五木に殺されなかったんだ。とっくに殺されてりゃあ、今もこんなことになってねーだろ」

莉々子が苦しげにもがいている。手足をバタバタさせていたが、しばらくすると手ごたえが軽くなった。そっと手を外すと、莉々子の体がぷかりと浮いた。茶色い長い髪がゆらりと広がり、波間を漂っている。

「お前なんて一万円の価値すらねえよ」

ぷかぷか浮いている莉々子の死体に、蹴りを入れてやった。それから慌ててタイマーを見る。数字が減り続けていた。あと三分。上々だ。急いでボートに飛び乗る。ちゃんとタイマーは動き続けている。ホッとしながら、いまいましいミュールを海に投げ捨てた。

――やった。

あとはもう、出発を待つだけだ。もうすぐ十億円と共に、意気揚々と自宅に戻ることができる。しかも莉々子というお荷物もなしときた。

こんな最高なエンディングがあるだろうか。僕は外国の細長いバスタブに浸かるように両腕をボートのふちにかけ、頭を船尾に乗せる。爽快な風に揺られながらカウントダウンを待った。

あと二分。

ごくりとつばを飲み込んだ時。

側頭部に激しい衝撃を感じ、視界が露出オーバーのように真っ白になった。

9. 莉々子

修一の頭に直撃させた凶器で、今度は顔面を何度も殴りつけた。修一は手で頭部をかばいながら起き上がろうとしたが、ふらついてボートの底に突っ伏す。あたしは思い切り振りかぶり、後頭部をめがけて振り下ろした。

「女の武器はねぇぇぇぇぇぇぇ！」

ガツッと手に硬い感触が伝わる。

「涙なんかじゃないんだからあぁぁぁぁぁぁ！」

あたしは泣き叫びながら、何度も何度も修一の頭にチャンキーヒールを命中させる。

ヴィトンのミュール。世界で一番美しい、あたしの武器。修ちゃんは気を失ったのか既に動かなくなっていたけれど、まだあたしの気持ちはおさまらない。悔しくて、情けなくて、涙を流しながら、あたしは立て続けに振り下ろした。

「ひどい、ひどいよ修ちゃん、あたしを殺そうとするなんて。今度という今度は許せない。あたしよりお金の方が大事なんて、信じられないよ。さんざんあたしのことをバカにして。バカはあなたでしょ！」

好きだったのに。

愛してたのに。

あたし、命がけで助けたんだよ？　修ちゃんと帰りたい一心で。それなのに。

ひととおり殴ってやっと気が済むと、あたしはぐったりとした修一を引きずり降ろし、浮かんだ背中を踏み台にしてボートによじ登った。ボートには血が飛び散り、お金の入った巾着袋にも点々とついていた。だけど気にせず、あたしは中央にあぐらをかく。

タイマーの残りは、あと四秒。背後でぱしゃ、と水が跳ねる音がした。

三秒。「り……りりこぉ……？」と、歯が抜けたような、酔っぱらっているような、ふにゃふにゃした声がした。

二秒。「あれ、ちょ……ちょっとまってくれよ、たのむ」

一秒。波に足をすくわれたのか、盛大にひっくり返る水音。

ゼロ。静かだったエンジン音が目を覚ましたように大きくなり、ボートがぐいっと方向を変えて勢いよく走り出す。

「りりこ……」

エンジン音と波の音に混じって、背後から遠吠えが聞こえてくる。

「りりこぉ、ゆるしてくれ、りりこぉ――――!!」

ボートは勇ましく、ぐんぐん前へと進んでいく。情けない絶叫は空気に散って、すぐに聞こえなくなった。

口の中に血の味がする。頭を沈められた時に頬の内側をかんだらしい。あたしは海に向かってペッと唾を吐き、涙をぐいとぬぐった。

あんな男だったなんて。

ショックだけど、悲しいけど、本性を知れたんだから、マスターには感謝しなくちゃいけない。あんな男、島に捨てて大正解だわ。

巾着袋の上には、ヒールが歪み、血で汚れてしまったミュールが投げ出されている。愛おしい気持ちで拾い上げると、つま先をつんと伸ばして履き直した。

そうよ。これでこそあたし。

ダイヤモンドのような飛沫をあたしに浴びせながら、ボートは猛スピードで波を切り拓いていく。十億円のベッドの上に寝そべり、ミュールを履いた足を優雅にクロスさせると、マスターにお返しのゲームを仕掛けてやるのも悪くないと考えながら、うっとりと目を閉じた。

本書は「小説推理」二〇二三年二月号〜八月号に
連載された同名作品に加筆、訂正したものです。

秋吉理香子●あきよし りかこ

早稲田大学第一文学部卒。ロヨラ・メリーマウント大学院にて、映画・ＴＶ製作修士号取得。2008年「雪の花」で第3回Yahoo! JAPAN文学賞を受賞。09年に受賞作を含む短編集『雪の花』にてデビュー。13年に発表した『暗黒女子』は映画化され評判となった。他の著書に『聖母』『放課後に死者は戻る』『婚活中毒』『ガラスの殺意』『灼熱』『自殺予定日』『哀愁しんでれら　もう一人のシンデレラ』『監禁』『月夜行路』などがある。

無人島《むじんとう》ロワイヤル

2023年10月21日　第１刷発行

著　者——秋吉《あきよし》理《り》香《か》子《こ》

発行者——箕浦克史

発行所——株式会社双葉社

東京都新宿区東五軒町3-28　郵便番号162-8540
電話03(5261)4818〔営業部〕
　　03(5261)4831〔編集部〕
http://www.futabasha.co.jp
（双葉社の書籍・コミック・ムックが買えます）

DTP製版——株式会社ビーワークス

印刷所——大日本印刷株式会社

製本所——株式会社若林製本工場

カバー印刷——株式会社大熊整美堂

落丁・乱丁の場合は送料双葉社負担でお取り替えいたします。

「製作部」あてにお送りください。

ただし、古書店で購入したものについてはお取り替えできません。

電話03(5261)4822〔製作部〕

定価はカバーに表示してあります。

本書のコピー、スキャン、デジタル化等の無断複製・転載は著作権法上での例外を除き禁じられています。

本書を代行業者等の第三者に依頼してスキャンやデジタル化することは、たとえ個人や家庭内での利用でも著作権法違反です。

©Rikako Akiyoshi 2023

ISBN978-4-575-24683-4 C0093